火车驶向落日

武桐 著

译林出版社

图书在版编目（CIP）数据

火车驶向落日 / 武桐著. —南京：译林出版社，2023.11
ISBN 978-7-5447-9873-0

Ⅰ. ①火… Ⅱ. ①武… Ⅲ. ①长篇小说—中国—当代
Ⅳ. ①I247.5

中国版本图书馆 CIP 数据核字（2023）第 159851 号

火车驶向落日　武桐／著

责任编辑　黄文娟
装帧设计　尚燕平
校　　对　梅　娟
责任印制　单　莉

出版发行　译林出版社
地　　址　南京市湖南路 1 号 A 楼
邮　　箱　yilin@yilin.com
网　　址　www.yilin.com
市场热线　025-86633278
排　　版　南京展望文化发展有限公司
印　　刷　徐州绪权印刷有限公司
开　　本　850毫米 ×1168 毫米　1/32
印　　张　7.125
插　　页　4
版　　次　2023 年 11 月第 1 版
印　　次　2023 年 11 月第 1 次印刷
书　　号　ISBN 978-7-5447-9873-0
定　　价　62.00 元

1

说来巧合，或多或少有过感情的男人总在梦里向我售卖什么。尚且年少的梦里，有个男孩在售卖棉花糖，梦里的我买下了他所有的棉花糖。青年时的梦里，有个男人售卖玉石，精美玉石摆放在玻璃橱柜里，可按我的意思雕刻，那次我仅仅是询问，没有购买。

这倒让我想起了八岁那年……她手指动了动——此时是凌晨时分，正在做着清醒梦境的我的身体躺在卧室的床上，手指刚才动了动。身体还在沉睡，而我的目光在黑暗中某个隐秘的角落静静地注视着，等待她醒来。

八岁那年，父亲给了我一个选择，如果不去做修复兔唇的手术，那就别想跟他去某个达官显贵家里吃晚饭。我那可爱的兔唇，和父亲去参加某个重要的晚宴有什么关系，起初我搞不清楚。那时我仅得出一个结论，倘若我要得到什么，就必须付出对等的代价。这个想法一直让幼时的我惴惴不安。

事实上，假使我的兔唇让我不能融入那家孩子的圈子，那么我的父亲便在那场晚宴中毫无尊严，从而无法得到后来能让我们一家安定下来的工作和金钱。

那段时间，手术刀在我脸上划破的梦魇令我惶惶不可终日，可我又不能一心只想让自己安宁，放弃一家人生活安定的机会，因而当父亲把所有利害关系抛在我这个八岁孩子面前的时候，我深陷于矛盾之中。

母亲没有给我任何安慰，只是在梳妆镜前细致描摹妆容的间隙给了我一个糟糕的建议，也是萦绕我心头的对如今状况的新的理解。她说："大部分时候你只能选择一方，因为这不是最坏的情况，失去全部才是最可怕的。"

如今她口中最可怕的事情一一在我身上应验，我仅仅拥有的那些——我唯一的女儿、唯一安定的婚姻、我唯一可以留下来的城市，又或我长久以来唯一可以依靠的朋友，在我稍作放松之时纷纷猝然离去，仿佛他们从来跟我没有关系似的。以至于后来当我得到某样东西的时候，我总是保持警惕和不安，有谁对我吝啬，我反倒可以信任他。

她的眼珠开始在眼皮下转动，眉间的皱纹微蹙又舒展，大概是要醒了。这已经是她这个月数不清第几个清醒梦境了。

这些清醒梦境每每发生时，身体都不再被感知并无法动弹，待身体慢慢恢复知觉，梦境也悄然遁入暗夜。这种状况从半年前开始出现，而在一个月前的失眠开始之后，逐渐频繁。

除了售卖物品的那些男人，近来的梦境大多有些怪异。梦里看不见他们，他们只露出一双手，把我身上的一切剥离，封住最后一丝光线，然后将我推入一个窄窄的铁皮箱子里。上一次，他们将我缓缓地从地面抬起，为我盖上了一层雪一样的白布。还有一次，我的视野之内没有一个人，周身泥土，明月高悬，饿狼长嗥，四季从我身体上一遍遍踏过。

曲寒躺在卧室的床上活动了一下身体，房间里那双隐秘的双眼随之消失。她冷淡地扫了眼钟表，时间指向凌晨四点半，今天睡了不到两个小时。

比起失眠，她倒没有为清醒梦境困扰，在一定程度上她认为清醒梦境是自己的意识脱离身体后的想象，又或是意识在身体上的自我跌落，尤其在没有入睡的时间里。想象也许不能为身体造成负担，持续的失眠却轻易可以造成损伤。

她想起，开始出现失眠症状的那天，她结束了连续两天的四场手术从急诊室出来，双手在水柱的冲洗下颤抖不停，她蹲在洗手池旁，涌上一股难以言喻的恶心，凭借身为医生拥有的常识，这提醒自己需要休息了。她靠在墙边合眼了片刻，却在接下来的漫长时间中清晰地听到指针一秒一秒地滑走。

曲寒躺在卧室的床上，看向窗户左下角被砸破的一个洞口，秋风从洞口中持续灌进，像氧气瓶一样给散发着腐朽霉气的房间提供了救命的空气。洞口是被一颗浑圆的石头砸出的，现在石头静静地躺在卧室地板的中央，周围闪耀着玻璃碎片。

在失眠的漫漫长夜中，曲寒时常会想，为什么会是一颗石头?

现在想起这个问题，不过是在打发无聊的失眠时间。砸破玻璃的那天早晨有人敲响家门，敲门声迟缓，像人在吞吐，听起来不怎么着急，曲寒想着也没有快递，便装作无人在家，没有应声，而后不久，玻璃霎时被砸破一个洞，石头和玻璃碎片散落，裂纹迅速蔓延，曲寒走到玻璃前却并没有看到扔石头的人。也许是孩子们的恶作剧吧。

最近的日子已不像起初失眠时那样清晰。失眠让人丧失了时间概念，日出日落变得像废话一样没有用处又缺少不了。

小区旁边是一片未拆迁的平房，不知哪个人家饲养的近百只鸽子，常在平房屋顶咕咕聚会，有时又浑然一体地在那一片平房区上空飞起盘旋，飞累了仍旧回到屋顶默契地站成一排，将老房子的屋顶满满占据。焦灼的白日里，曲寒日复一日地看向窗外这唯一生命活跃的迹象，而到了涨潮一般淹没城市的黑夜里，再没有什么可以引人注意的事情时，曲寒清醒却疲惫的碎片意识又开始像孤魂野鬼四处游荡，想必失眠就是魂啊鬼啊在兴风作浪。

想及此，曲寒感到房间内骚动起来，令人烦躁。她躲进浴室，往浴缸里放水，脱下睡衣后，注视着镜子中逐渐老去的身体：嘴唇上方浅淡细长的疤痕随着年龄的增长流露出一丝淡漠的意味，瘦削的肩颈和下垂的胸部透露出某种含糊不清的萧条，加之深浅不一的皱纹、松弛的皮肤以及长久失眠导致的红肿双眼。时间的雕刻让此时的自己看起来更像是多年前的母亲。那时母亲还年轻，大概是曲寒十一二岁的时候，母亲就是用这张类似的面孔对她无奈地叹息过，也用相似的手指指着曲寒说，如果不是因为你我将会如何如何，后来母亲也用她那同样黯淡的目光对曲寒流下悔恨的泪。

曲寒屏住呼吸，沉入放满水的浴缸中，水流灌进双耳的瞬间，一声“曲寒！”从遥远的记忆和水面之上传来，曲寒立刻双手撑起钻出浴缸的水面，紧接着生出了一种复杂的情绪，曲寒点起了烟一口接一口地猛抽着，直至浴缸里的水变凉。

从浴室出来时，天色已逐渐转为青白，曲寒的肚子开始有了饥饿感，打开冰箱才想起从昨日起里面就已空空荡荡，而上次出门购置食材是在一周之前了。

那次从外面的超市回家路过篮球场，正是用晚饭的时间，篮球场上只有一个男孩不停地投篮，曲寒认出那是女儿瑶瑶的同学林旭，因为两人从小住在一个小区一起长大，应该说是彼此最好的朋友。此前曲寒从作为英文老师的前夫郑献那里听闻，这孩子最近变得有些沉默……她挪了挪脚步，还是朝着篮球场的方向走了过去。

一束冷白的灯光下，曲寒在一旁的长椅上落座，林旭看见她时怔在原地，抱着球有些不知所措。曲寒表示自己只是过来看看，让他放松，这个男孩仍旧站在原地没有做出回应，他似乎在借着那束灯光辨认着曲寒的脸。曲寒被他看得有些莫名其妙，担心他没有认出自己便先开口说:“我是瑶瑶的妈妈。”男孩点点头说:“我知道。”

“瑶瑶爸说你最近在学校的成绩下滑，他很担心你，如果你在学习上有什么困难，尽管向他询问，你是瑶瑶的好朋友，他会尽心帮你的。”

林旭听着微微低了低头。曲寒开始有些后悔过来，不知道是不是自己过多干涉了。

“最近我开始住校了，”林旭突然开始说，“第一次和同学住在一起有些不习惯，和舍友之间有了点矛盾，心思大概也有点乱。”

“那为什么不回家住呢?”

林旭恢复了沉默，曲寒有所察觉，她劝慰他说，从前的他是个开朗的孩子，没有人不喜欢他，她说他这个年纪难免会想得多，还是应该按时吃饭和睡觉，她说他还年轻，有些人注定只是曾经很重要，不要因为过去的事情被牵绊。她说着，林旭沉默着，她的目光不在林旭身上，也不在路过的车和行人身上，而是在穿越了林旭身体和篮球场铁丝围栏后的黑暗中。

她丝毫没有停下的意思，她在说着有关林旭的问题，却也不是单纯说着他的问题，话题也从林旭身上转移到了许多琐碎的事情上，她不像是在对他说话，更像是在对着一个比她年纪还大的人诉说着什么。

那张在冷白灯光下的脸上没有任何表情。林旭最先看到的是她的双眼，薄薄的眼皮盖过瞳孔的三分之一，上下波动的幅度极其微小，眉间的两道细纹像久旱的裂谷一样，截断了原本的眼波流动，以及眼角下外生出的两道纹路，和法令纹一样和谐地延长，颧骨下的阴影形成的沟壑让她看起来既瘦削又浮肿，嘴唇则像覆盖了一层薄薄的粉末一样苍白而焦虑，这既不是一张有生命的脸，也不是一张完全死去的脸，跟她不断说出来的话语也格格不入，总而言之，这是一张极其悲伤的脸。

“阿姨，”林旭打断了曲寒的话，“阿姨，您有好好吃饭吗？”

“看，我刚买了菜，一会儿就回家去做。”

“那您有去看医生吗？”林旭继续问道。

“阿姨就是医生……”

“可是医生也会生病的。”

那是曲寒最近一次和人交流，谈话就是这样突然终止的。林旭此后久久徘徊在小区楼下不能安心，次日敲曲寒家的门无人回应后，便朝曲寒卧室的窗口投掷了一颗石头，不慎打破了玻璃，但当看到曲寒走到窗后时，他也就打消了顾虑。

客厅里落地灯突然熄灭，曲寒从那天的对话中回过神来，想起郑献之前就说过落地灯有这种情况，但一直忘记去维修，曲寒扫视了一眼屋内，发现不只是灯出现了“故障”，有线电视也早就欠费，打开后一片花屏，WiFi信号总在同一时间变得很差，燃气灶的一个灶口无法打出火来，最后一个故障……曲寒走到那扇被砸了一个洞口的窗户前，玻璃上映出自己浅浅的轮廓。

今年的深秋格外像寒冬，前几日大风来袭的时刻，外面树上的叶子被吹得飘零满地，夜晚，风从洞口呼啸而入的时候，像是有人从遥远的地方对自己呼唤。她长久地望着那个洞口，嘴唇微启似乎要说话，有那么一刻，她好像走近了洞口，将头搁在窗户上，嘴巴对着洞口说了什么，但她分明是站在原地一动未动，就说出了那句：“去死吧。”

接下来她的动作快速而冷静，像是担心赶不上死亡大门闭门的时间。她收拾了房间，将垃圾清扫，将厨房擦拭，将浴室的地面拖净，规整了衣柜里的衣服，并挑选了自己最喜欢的一套羊绒衫套上，在这间隙烧开了一点水，大概刚好一杯的量。她在每个房间里走来走去，将所有物品归置到原本的位置，最后来到瑶瑶的房间。自从瑶瑶离开后，这个房间里的东西她很少动过，被子是那天早上匆忙叠好的，书桌上一张张草稿纸在电脑旁边凌乱地放着，电脑椅依然朝着门口方向，好像主人刚刚离开一般。

郑献也进来过几次，但大概出于和自己一样的心情，没有将其整理。

曲寒走到瑶瑶的书桌前整理起来，上面的书架上放的是小说、漫画和几本瑶瑶儿时看的童话书、世界各国的地理杂志，其中的外版童话书和地理杂志都是曲寒的老友刘阿年寄来的，瑶瑶年幼的时候，郑献常常给她翻译、读书。曲寒整理书桌桌面时，看到电脑主机的提示灯竟然还亮着。

外面客厅的座机突然传来铃声，曲寒从瑶瑶房间里出来，座机电话转接到留言，声音起初是一片老式电视花屏一样的杂音，信号在空间中不稳定地扭曲着。座机这个东西还是母亲拿来的，这几年她总会拿点东西来，有时候只是为了专门上门送一个保温杯而谎称路过，仿佛担心几天不来曲寒就不认她这个妈了。当时母亲单位发给退休老人的慰问品中除了一些价格低廉的营养品，还有这样一台座机，母亲不知现在除了企业，家庭里很少会用这种东西，她当个宝贝似的要郑献给家里安装，郑献自然不会说麻烦之类的话，好在瑶瑶对这种东西十分好奇，还用它给姥姥家里留过言，打过电话，曲寒也没再多说什么。

座机中经过短暂的杂音后，刘阿年的声音突兀地出现，一如他本人的风格。

“……一串念珠，黄花梨的，咱院儿里以前不是有棵梨树吗，这两个可不是一个种类，这黄花梨是国家二级保护植物，是海南的朋友带来的……”

还是以前的刘阿年，总是喜欢给人普及知识，只不过相比少年时没了炫耀之气，若二十年间两人从未有过联系，曲寒无论如何也想不到这粗犷、啰唆的男人会是当年一身艺术气息的刘阿年。也亏了他，这电话还多少能有点用处，他不知从什么时候起就不再用手机，每次联系曲寒也都是临时找个公共电话打过来，曲寒平时要想联系他自然是没有办法的。

听着刘阿年讲他在藏区雪山的琐碎见闻时，曲寒将那早就烧好的水倒进水杯，又从卧室床头柜上拿了三小瓶药，都是从医院精神科同事那里拿的药，一个月来攒够了药量。座机大概忘记设置限时，刘阿年还在啰唆，讲着他去了什么寺庙，遇到了一个姑娘，那姑娘也有一串相同的念珠。说着说着似乎终于意识到自己的话好像在原地打转，于是撇去了寺庙和姑娘，继续说那边有一座雪山叫白礼雪山，因为雪山攀登难度太高又被当地奉为圣山，好几拨登山队来了又走，不久他打算组织朋友一起去转山。“哦，转山你还不知道是什么吧……”他又开始普及了，“转山是当地的一种宗教仪式，有人说转山一圈可以洗清罪孽，转十圈可以免下地狱，转百圈还能成佛……”

曲寒听着刘阿年的啰唆坐到沙发上，依次将药全数倒在手心，其中一瓶不慎打翻，药片散落一地，曲寒趴到地上一颗一颗地去捡，脸上冷静而专注，像是在做着什么细致工作。

“OTC甲类、tranquilli[1]……痉挛、抽搐……肠胃如岩浆浇筑剧烈燃烧……呼吸困难、呕吐……如果在转山中死去也是种造化，反正……记忆衰退、脑损伤……若开这个药还不能缓解就得过来做个全面检查，别硬撑……血管爆裂，筋络突出，眼白充血，身体僵硬抽搐……”

一时间，大学学堂上教授针对精神类药物的板书和授课的声音、同学备考时的背书声、精神科同事的嘱咐和关心，夹杂着刘阿年的声音在房间中纷飞。还有一道绝望又混乱的目光从那名自杀未遂、瘫痪在床的病人全身唯一能活动的眼睛里望向主任医师曲寒，并穿越了拼命吃饭的癌症病人的病床和心脏监护仪跳跃的曲线以及呼啸而过的救护车鸣笛声，穿过破裂的玻璃洞口投向跪在地上捡药的曲寒。

“曲寒！”

曲寒忽然浑身一震，那呼喊穿越各种纷杂的声音到达耳畔，不是刘阿年的声音也并非来自郑献，似乎和她在浴室听到的很像。曲寒捧着药起身坐回到了沙发上，待那些嘈杂渐渐消散，只有刘阿年的声音言犹未尽似的继续着，他的声音不知从哪刻起充满了回忆，最后只听见他说，“过来看看吧，我们一起看看”。看什么？刚才刘阿年还说了什么？分明有说到什么让曲寒心生动

1 Tranquili，镇静剂。

摇，但她仔细回忆，又似乎完全没听进去。而且她隐约察觉，他所说的“我们”，应该不只是刘阿年和自己。

留言结束后，房间内恢复寂静。不如等到那时再死去。曲寒将药装回瓶子中，而后同厚棉衣一起放进行李箱中。

休息日的地铁站里人头攒动，曲寒拎着行李箱走到站台，拨通了前夫郑献的电话，但拨通后对方很快挂断。曲寒犹豫一下，没再打去，郑献是个寡言温和的男人，和曲寒的急性子相反，做任何事都不急不躁，有时看着曲寒在生活琐碎中匆忙冒失的样子会温柔地笑笑，温柔后来成为他的利刃，刺向他也刺向了曲寒。瑶瑶走后不久，他把自己变成一个彻头彻尾的受害者，在瑶瑶的房间从清晨坐到傍晚，从日落坐到凌晨，胡茬和眼泪在他疲惫的脸上胡乱生长，在险些毁掉生活和自己之前，他终于无法忍受，在一天凌晨时分坐在床边流着泪向曲寒提出了离婚。求婚时，还在上研究生的郑献当初花光了所有的钱给曲寒买了订婚戒指，和那时一样，离婚的那天清晨他也只是带走了一个行李箱。

列车呼啸着穿风而来，站台上的人越来越多，车厢门打开后，由于换乘站客流量大，下车的乘客将曲寒的行李箱撞脱了手，行李箱在上下车人流中转圈滑动，曲寒回身去拉行李箱时，一双男人的手将行李箱推到了曲寒的手中。曲寒低头道谢，男人却没有停下脚步，赶着上了车，曲寒也在关门声中挤进车厢。

是冻伤，新结的痂。指节间有不太明显的茧子，但给人的感觉分明是年轻人稚嫩的手，且深秋的天气尚无法让人生出冻疮。

曲寒转头朝刚刚那个男人的方向看去，心里淡淡一惊，那个男人背对自己，肩膀上站着一只白色小猫！以前郑献和瑶瑶从外面捡过一只小猫带回家养，曲寒总是工作太忙，时间不够用，自然也没有多余精力去理会，后来许久见不到小猫踪影，问了郑献才知道那只小猫得了猫瘟，没挨过去就静静地死掉了。曲寒看着男人肩膀上的那只小猫，也是几个月大小，它丝毫不被拥挤的人群影响，过分乖巧地、稳稳地蹲坐在男人肩膀上。令她奇怪的是，周围的人似乎都司空见惯一般没有投去分毫目光。

回过头的曲寒内心忽然生出一种怪异的感觉，那个背影，似曾相识。曲寒不由自主地再次望去，那个人却消失了，到下一站门口几位乘客准备下车，曲寒往里挪了挪后才发现他和那只猫移动到了空间相对宽松的位置，白猫挡着他的脸，曲寒仍是看不见什么。

如果不是播报火车站站点的声音响起，曲寒也没想到她会盯着那个隐藏在交错人群中的身影那么长时间。

人群涌出站台时，曲寒的目光仍紧紧抓着那个背影，脚步急切又冒失地穿行，意欲缩短两人之间的距离，但出了地铁在火车站更为广阔而熙攘的内部广场上，她还是丢了那人的踪迹。她心里充满了焦灼和捉摸不定的情绪，却摸不清自己为什么会突然这样。

也许是休息不好精神出现了恍惚。曲寒看了眼时间，估算已经在检票，在原地顿了顿，打起精神后取票走向检票口。

这是一列通往内陆的绿皮火车，相对动车来说速度当然慢，但好在不是节假日，曲寒很快就抢到了一张坐票。走在曲寒前面的是一个抱着幼小儿子的母亲，肩上背着小书包，手里还拎着一个半人高的大行李箱，她用一口听不出地域的方言对儿子说："看，是火车呀！"那孩子也十分积极地响应母亲，惊喜地拍起手来，喊出了两个字："呀，猫！"

曲寒顺着孩子小手舞动的方向看去，那只白色小猫，在人群的脚下漫无目的似的跑动，而后受到指引一样蹿进一节车厢，曲寒拎着行李箱加快脚步跟上去，但票上的车厢不在这一节，乘务员看了眼票，没说话，指了指前面的车厢示意她继续往前走。

车厢里刚刚上来不少人，都还未完全安置好，曲寒从正确入口上了火车后，磕磕绊绊地往回走，寻找着那只小猫的踪影。

车厢中段通道堵塞，乘客寸步难移，进退不得时不免引来一片骚动催促，此时一个轻快的声音响起："大姐别着急，我来帮您。"

他将那个有着半人高的大行李箱高高举起，塞进头顶的行李架上，乘客得以陆续通过，找到自己的座位。那只白色小猫从椅背上跳下来，毫不怯生地走到曲寒脚边蹭起来。

“呦呦……”他叫着小猫的名字，抬眼望了过来。

她抬头望去，从记事起院子里那棵就没活过的枯梨树在初春的一个下午发了一点新绿。西屋里有人在说话，那里不知什么时候住进了人，最近几天总是看到西屋的窗户亮起昏黄的灯光，却总不见有人从里面出来。有一天早上她在自己的床上隐约听到开门关门声，急忙爬起来朝外面望去，只看见一个朝门口走去的男孩的背影。

她问外婆里面住的是什么人，外婆手中忙着永远也忙不完的手工活计，连眼都没抬，快速而简短地回了一句：“是个男人和他的儿子。”曲寒知道，外婆嘴里吐出的是金子，今天的金子已经花完，到明天曲寒才能领取新的份额。

在春天里，她常常做梦，梦里穿过一扇又一扇门，西屋那亮着灯的窗户就在门的后面，却总也走不到头。这样过了一个春天，她仍旧没有看到那个男孩。她知道每天清早他都会出院去买菜，回来做饭，然后自己在房间里过上一天又一天，而她每天在他去买菜的时间才起床吃早饭，然后在他吃饭的时间去上学，于是，那一个夏天曲寒也照常没有见到他。

待初秋的梨树结了果，曲寒才知道原来外婆的金子可以如此慷慨。外婆站在自家屋前与西屋的男人吵起架来，西屋的男人瘦削体长，一副厚重的眼镜架在鼻梁上，他咬字如同钝刀切菜般用力又耗神:“梨树是公共财产，果子应该分享，怎么成了偷呢？您一个老人家说话不怕折寿，我一个大男人有理也难对阵，我，懒得与你辩论！”外婆吵架则没有间歇，不等男人说完她就咄咄逼人地说:“是个文化人就应该把床单当毛巾——大大方方，你偷摸着往兜里揣一个算什么！”男人不由自主地用手挡了挡鼓起的衣兜。曲寒嘻嘻笑起来，故意朝那男人做了个鬼脸。

男孩从西屋里走出来时，穿过了梦里最后一扇门，无辜又羞怯地站在大人世界的门槛，身形像他父亲一样瘦削，却比他父亲要显得端正。他手里拿着一颗鸡蛋放到外婆摘梨的箩筐里，换回了他父亲口袋里的那颗梨子，又将他拉不下脸面的父亲拽回西屋去。

曲寒叫住他，模糊地瞥见了他眉心浅浅的一颗痣，她觉得那是和她的兔唇一样的标志，久而久之，惦念越深，她越觉得那颗眉心痣是她种下的。在此后的人生中，眉心痣的生命力会像枯梨树一样，发绿，生芽，也会在不知不觉中像她的兔唇一样消失——一次在他十三岁那年的某日清晨，一次在曲寒发出死亡诅咒时。

2

火车正在加速离开这座城市，车厢内的嘈杂逆着风向西驶去。

年轻人外放着短视频，孩子们在通道里乱跑，还有大爷和友人摆上花生、小酒对饮。曲寒坐在靠窗的位置，身旁是个戴着耳机看电子书学生模样的女孩，女学生正对面的男人身着廉价西装，像个忙于出差的创业老板，他身旁是一个戴着眼镜，看起来温和儒雅、五十岁左右的男人。

许小满走进车厢来，在人群中很是显眼，色彩发旧，格格不入，看到曲寒后，他径直走来。

窗外闪过城市郊外拥挤逼仄的工厂，曲寒望向窗外却没有观察那些旧时代的铁皮建筑。她不得不感到困惑：上个时代的建筑在几十年间即便经过多次修补，破损程度也显而易见，而人怎么可能保持没有变化。

他穿的衣服和二十年前离开时的一模一样，那件深蓝色羽绒服款式老旧，袖口衣领都有轻度的磨损，却还算干净。那是在他十八岁时曲寒在新城区的中心市场给他买的，当年新城区的中心市场刚刚兴起，摊铺鳞次栉比，家家门庭若市，曲寒从一件件名牌假货中间挑选出了一件也许是出自南方某家小工厂的羽绒服，臃肿肥大，但胜在暖和，毕竟他要去更冷的地方……与这件羽绒服搭配的是当年时兴的牛仔裤和旅游鞋。但这些都称不上让人困惑，相比较而言，那张脸才是最可疑的。

瑶瑶小时候翻老相册集看到过去的照片时，会说妈妈漂亮之类的话，那时对比十几年前的照片，曲寒还会产生容颜老去的感慨，但如果拿着过去的照片对比现在许小满的脸，她只会满心疑问：为什么他一点变化都没有？往常在电视上看到的那些被调侃打了防腐剂的名人，在细细观察下还是能看到他们有所变化，最瞒不过岁月的是眼睛，皱纹总在其周围顽固生长——而许小满不见一丝衰老的痕迹，似乎完全被岁月遗忘在了过去。

很明显，遗忘他的不只是岁月，还有曲寒自己。在看到他的那一瞬间，曲寒几乎本能地做出逃避的反应，她不停地往回走，企图钻进人群不被发现，来到车厢找到自己的座位便直接坐下，连行李箱都忘记放到行李架上，还是经列车员提醒后才放上去的。

她忘记自己是因为什么才不愿直面许小满，隐约记得是在多年前的某一时刻，她决绝地要忘记有关许小满的一切。因而在车厢一片嘈杂声中，曲寒能回忆起来的无法动摇的理由只有一个：他是个骗子。

对面戴眼镜的男人在许小满的感谢声中和他换了座位，许小满得以坐到曲寒对面。那只白色小猫静静地趴到他双腿上依偎着。

曲寒望向窗外，但仍感到他细细凝视过来的目光。似乎是彼此都需要一个缓冲，两人迟迟没有开口。遗忘的过去在不曾交汇的目光中一点一滴地恢复，成为窗外掠过的模糊光景。曲寒渐渐想起四合院的春夏秋冬，永不结冰的长暮河，老城区的瓦片屋顶，紧接着，对面这个人带来过的无数明快与忧虑很快占据了她的脑海……

曲寒停止了回忆，如今她尚有这种克制存在于意识中并保持警惕。曲寒冷淡地看向他，问道："怎么，我看起来很糟糕吗？"

他没有否认也没有肯定，只是专注地观察着曲寒说："看起来和以前确实不一样了，是个真真正正的大人了……"他青涩的脸庞露出笑容，凑得更近些，又说："但整体来看和以前的你也没太大变化，就连脾气也是，我知道你肯定还在生我的气，但我也知道你总会理我的。"

身旁的西装男人投来异样的目光，想必是误会了什么。对上曲寒的目光后，西装男尴尬地跟身旁的女学生一样戴上了耳机。

"我们二十多年没见，没必要这么生硬地套近乎，突然坐上同一辆火车，怕不是巧合吧？也是刘阿年邀请的？”

“二十多年了吗？”他有些惊讶，以至于忽视了后面的问题。

“准确点，是二十二年。”

大概是恍悟于分别的时间如此之久，他的目光又在曲寒脸上细细流连。

“这身衣服是为了见我故意穿上的，还是穷困潦倒没得换？”她问。

“这是我最好的一件衣服。你说过，要出门了，怎么着也要穿成这样才像话。”

他的嘴角始终保持笑意，并不僵硬，像是自然而然由内心而发，曲寒提醒自己，这种笑容和二十多年前的笑容同样具有欺骗性。

“我不记得说过这话。”

“这么多年，你是怎么过来的？”许小满关切的态度让曲寒很不自在。

曲寒有些不耐烦地回答道：“这么多年没想过要了解，现在也没必要假装客套，而且我现在跟你，不熟。”

她面前刀枪不入的壁垒让许小满有些无奈，但他还是厚着脸皮对她笑着说：“那不如先说说我。”曲寒扭头看向窗外，并不关心。

“我倒是简单得很，自从那年我们分别后我去了很多地方。

一开始没有方向，随便买了一张火车票，到了站下车便开始寻找活计，先是在山路上扛包，又去农场务农、牧羊，也在旅游景点当过野生导游，总是一路奔波着生存。日子过得简单知足，也没有想过将来要怎么样。后来认识了一支了不起的登山队，我跟着他们爬过三次雪山，在此之前，我受到队长的照顾，参加集训，进行了一定强度的体能训练，才不致拖他们后腿。说实话，登山那段时间是我活得最满足的一段时光，我在登山队先后攀登了雀儿山、约卡峰，还有最后的白礼雪山，后来我就与他们散了……”

曲寒感觉到此时从一旁投来了目光，喝酒的大爷和他的友人瞧了过来，许小满身旁的西装男表情流露出讶异，明显是没有在听音乐。

“现在的年轻人吹牛不打草稿，比咱们当年都要猖狂。”喝酒的大爷笑着对友人说道，明摆着不信许小满的话。

对于许小满说的几座山，曲寒并不了解，唯一有印象的白礼雪山还是从刘阿年那里听说的。她感到意外的不是许小满攀登了什么山，而是许小满竟然会做出这种高风险的事。不过看见许小满手部的冻疮，曲寒一时迟疑，再细致看看，发现他也不是完全没有变化，皮肤倒是比印象中的要黑了。

“大爷，您不信？”许小满问大爷。

大爷对面的友人是个大嗓门，他插话说：“大罗，你老了，小伙子才是该说猖狂话的年纪。”

大罗大概指的就是喝酒的大爷，他灰发丛生，皮肤黝黑，脸上挂着经年累月的高原红，手里拿着一个深绿色的军用小酒壶，身体坐得笔直，也许曾经是个军人。此外，衣着不修边幅，敞怀大衣里面是厚实的棉袄，整体看去像是个地地道道的西北人，但一口流利的普通话又让人无从分辨他的家乡，说不定是戍守边疆的退役军人。

大嗓门的友人继续说："小伙子你说话狂妄归狂妄，但在前辈面前你还是得虚心点儿。2003年第一支业余登山队攀登上了珠峰，我这个朋友就是其中的主力，后来还去登过马卡鲁峰，唯独白礼雪山登到五千米就没再上去，后来大罗你不也说大话表示一定会再登上去吗，结果呢？"

友人有意缓解许小满的尴尬，但许小满似乎并不领情。

"我知道您为什么说我狂妄，攀登白礼雪山的难度不在珠峰之下，它积雪深厚，地势陡峻，被两大河流夹在中间，雪崩随时可能发生，且窗口期短暂，还时常有气流波动，给攀登造成极大的难度，在我们之前没有攀登成功的案例，也就没有明确的攀登路线，攀登白礼雪山几乎是不可能的事。"

大罗咽了口小酒说道："你看起来不过二十来岁，而据我所知，目前白礼雪山只有一例攀登成功的记录，是在我们成功攀登珠峰的同一年，也就是2003年，一支受民间商业资助的登山队完成的，似乎是叫胡狼登山队。"

“不，是胡马登山队。‘胡马依北风，越鸟巢南枝’的胡马，也是我们队长的名字。”许小满声音平稳地纠正错误。大罗正眼打量起许小满来，眼睛里不再是不以为意。

2000年夏天，许小满在四川的景区做导游，勤恳地招揽游客，景区位于雀儿雪山之下，冰川融水穿过繁茂植被，葱绿中常闪过不同的野生动物。遥望山上厚重波动的云层时，山峰以冰冷锐利的形态屹立。许小满从未爬上去过，到那里两个月也没见有人来登山，山下除了走马观花的游客，平日里凄冷萧条。

在许小满完成旺季的工作即将前往下一个地点时，胡马登山队赶到了雀儿山下。他们向许小满询问路线，许小满热情引路，并主动为他们借了驮行李的马匹。他一路上问个不停，队长胡马是个外表粗犷、身体健壮的男人，根本看不出来他其实是个经办着外贸公司的企业家。他冷面寡言，对许小满和其他队员的谈话不予理会，当许小满送他们到大本营后，胡马支付他劳务费，但许小满不想要钱，只提出一个请求，希望能和他们一起登山。

胡马询问他是否有登山证，是否有登山经验，平日是否有锻炼身体的习惯，对登山知识有多少了解，许小满没有吭声。他不再请求登山，而是跟着他们在大本营住下了。

比起胡马，剩下的六名队员是好相处的，蓄着络腮胡的老关告诉他胡马的外公是西北民族的汉子，也是个登山老将，胡马受外公影响，年少起便喜欢登山，后组建登山队，进行每年一次的登山活动。随着登山经验的增加，登山队也逐渐去挑战一些难度比较高的雪山。

对队员有过短暂的了解后，许小满又迫不及待地找到胡马，询问是不是满足了上面的几个条件他就能加入登山队。胡马沉默地点点头，但也没有给许小满过多期待，此后在驻扎营地的几天里，胡马看到许小满总是站在角落里，一边有眼力见地帮忙整理东西，一边听他们制定路线，看他们做气象预测，跟着他们做体能训练，一副安静又执着的模样。

在登山队获知气象预测并确定登山时间后，胡马带许小满来到山脚下，问他："你知道我拒绝你的理由是什么吗？"

许小满说："因为你看我太年轻，没经验，怕拖累队伍。"

胡马说这只是其中一方面，而后转身看向正在整理行装的队员说："登山老将老关热爱登山运动，纯粹是为了挑战；老方别看他文绉绉的，其实是个地理爱好者，他亲手绘制的边境大河地形图作为正确的一版纳入地理书，他登山就是为了了解中国地理；还有那个摄影师，他是为了留下有价值的影像资料。他们每个人都知道自己登山是为了什么，你呢，你登山是为了什么？"

在胡马看来，登山作为目的也好，作为手段也罢，登山队中的每个人都绝非一时兴起，因而不会在登山时半途而废造成队伍损失，这既是作为商人的逻辑，也是对登山的赤诚。而面前这个刚刚认识不过几天的男孩，胡马对他的过往一无所知，对他的想法也捉摸不透。尽管他总是保持学习的态度，看起来只是个好奇懵懂的年轻人，但以胡马的眼光来看，许小满的眉眼间积压着经年不化的雪，是危险的信号。

“你是怎么回他的？”大罗问。

许小满的食指在桌面上不易察觉地滑动，被曲寒看在眼里。许小满回答道：“我说因为，山就在那里。”大罗笑了笑：“你这么回答，肯定没让你进队吧。”旁人不解，坐在许小满身边的西装男解释说：“这句话是著名探险家乔治·马洛里的名言。他这么回答可显得有些滑头。”

大罗的友人对西装男有些讶异，西装男不好意思地笑笑：“我也算是个登山爱好者，胡马的名声也有过耳闻，真没想到能见到他登山队的人。后来呢？你继续。”他对许小满说道。

许小满继续说：“总之，我后来还是加入了登山队，不过那是第二年的事情了。那次登山队中的一名队员滑坠受伤，大家为了送他就医而放弃了登山计划，打算第二年再来。胡马给了我和他们一起参加集训的机会，经过一段时间的训练后，在第二年8月，我开始了加入登山队后的第一次登山。”

2001年8月，阳光尚暖，河水清冽，雀儿山下的野生丛林葱郁茂密，鸟鸣鹿走。

爬上雀儿山山顶他们用了四天时间，第一天，从大本营到C1，几十米碎石坡和两段高台阶，尚且不难。第二天，从C1到C2的行进中需小心提防，明暗冰裂，沟壑冰河，不论坠入哪一种，都会瞬间陷入极度危险，如高空滑坠或快速失温。胡马回头望了眼排在队列倒数第三的许小满，依旧没有说话，但许小满明白那眼神的含义。第三天冲顶，寒风加剧不能久留，积雪越加深厚，每走一步都要陷入半条腿，氧气也越来越稀薄。许小满抬起头，耳朵里充斥着寒风和粗重的呼吸声，茫茫雪海中天地浑然一色，恍惚间他仿若跌入睡梦的空洞，所经历的一生失去了一切记忆和色彩，顿生无边彷徨。直到在遥望间看到远处裸露的黑色岩石迎风屹立，他才从恐慌中醒来，发觉面前遮天蔽日的是一面约莫五六十米的雪墙，它以约六十度的角度矗立，据说上次队友便是在此处因路绳陈旧断裂导致滑坠而失败的。

胡马看起来并不紧张却依旧严肃，许小满从他身上总能感受到一种稳重踏实的情绪。胡马简短地提醒大家注意后便开始依靠路绳和上升器攀爬，一行八人动作稳健地一步步跨越了雪墙，许小满也不负期待地稳步攀升，没有再出意外。后来他们路过C3营地，爬过更为陡峭的横切岩壁，在接近体能极限的痛楚和接近雪山顶峰的喜悦中，攀升至接近云雾的高度。

许小满在登山过程中表现出的冷静和稳健令胡马意外，也让他多少放下心来。

胡马问他第一次登上几千米的峰顶是什么感受时，队友们的喜悦仍在耳畔隔着风声萦绕。他望着被夕阳光辉浸染、浓稠得化不开的云雾，眼神里再次浮现出胡马看不懂的郁郁寡欢。

“爬上雀儿山自然是个美妙的过程，但要说印象最深的还是白礼雪山。”许小满说道。

大罗此时对他及他攀登上白礼雪山产生浓烈的好奇，就跟曲寒身边的女孩换了座位，身子专注地倾向许小满，希望他继续说下去。许小满看了眼曲寒，在她避开的目光中看出同样的好奇，他便继续说了下去。

这是一段千米垭口，遍地碎石，吃力耗时，好在天气稳定，原本担心的风力等级也在预测范围之内。翻过这段垭口便直接越过了雪线，还要再历经一段冰壁才到达C1营地。

胡马带领登山队攀升在冰壁之上时，刚打进去的冰锥突然脱落，冰块连同岩壁碎片哗哗砸落，幸好后面的队员及时避开，才不致被砸伤。

“都没事儿吧？”胡马回头问道。

队员都回以无碍的应答，胡马看了眼仍在队列靠后位置上的许小满，许小满回以手势让胡马放心。胡马停在原地望了望两侧，身后的老方说："老胡，我看要不要换条路线？这片儿冰壁下可全是岩石，还都是风化过的石灰岩，太容易松动了。"

胡马望了望两侧说："前两天的勘察你也看到了，白礼山上多是这种岩石，换路线就得承受地形的挑战。我再往右边移动试试看，你们小心跟过来。"

登山队来到白礼雪山脚下的第五天，他们几度上山下山摸索后终于确定了攀登路线和时间。白礼雪山由多个山峰组成，最高的峰顶位于西北方向，而西北坡上有一条上千米的淡蓝色冰川带，延伸至冰河谷地，汇聚进大河，因而在春夏季节冰雪融化的高发期，西北山脉易发雪崩。此外山体岩石风化严重，山崩的状况也时有发生。这也是之前多个登山队无功而返的两点原因。

老方始终认为，要登上白礼雪山，运气占很大的一部分。他起初不赞同攀登这座雪山，但也在胡马的妥协——没有非登顶不可的必要——下同意了，毕竟能让胡马做出妥协的活动可不多，而且不得不承认白礼这种难度级别的雪山确实很吸引他们。

抵达C1营地后，队员们开始驻扎休整，营地上依稀可以看到其他登山队驻扎过的痕迹，看来这条路线也曾有人尝试过。

到了晚上，风力加剧，山脉上被风卷起的雪如同沼沼雾气蒸腾，偶尔传来几声雪豹的哀嚎，夹杂在怒吼的风声中，听来只是有些凄凉。只有隔着猎猎作响的帐篷和睡袋依旧砭人肌骨的寒气，才让人对自然的敬畏更加真切。

到了下半夜风力逐渐减小，不安的睡眠下，许小满隐隐地从暗夜中捕捉到什么，呼吸一般的呼唤从耳畔穿过，当分辨出那声音似乎在喊自己的名字时，许小满彻底醒来，黢黑的帐篷里，身旁的队员们仍旧沉睡着。

静坐细听片刻，没有声音再次传来，许小满分不清刚刚的呼唤是幻觉还是梦境，总之那声音不应该出现在这里，也许是攀登白礼雪山对他来说无形中构成了压力，导致他出现幻听。为了静心，他打开手电筒，拿出一个本子，那上面是他三年来有关登山的记录，他动作小心，不想打扰到队员休息，在本子上写起来：

11月12日，我们终于登上了白礼雪山，一踏上山我便知道我将要去向谁也找不到的地方。

之前落脚过的莘良镇的邮递员，托人到我工作的景区带话说有人来找我，我想肯定是她。邮递员给我带来了一封信，信的开篇便说这是她寄给我的最后一封信。她一定是失望到了极点，才会对我说那么重的话。

我提前来到白礼，在山脚下的村子里暂住，并等待着登山队的到来。

那段时间我每天坐在草甸之上看向白礼，看着日日盘旋的雪鹰无功而返，看着久不消散的云雾如何翻涌，看着夕阳从它身上坠落，看它的孤独和凶猛。

我希望她也能看到，这样她就会理解我。就会理解，白礼山上经年不化的积雪，会在某一天无言地告别山体，沉默着落向冰河，而后开启漫长的旅途，最终归向大海这一宿命，对我来说，是最后的选择。

天微微亮，队员们陆续醒来，再次整理出发。在攀向C2的过程中，许小满才切实地体会到，比起生理挑战，当在山下观望的凶险变成脚下的实况时，每个人面临的更多是心理挑战。队员们脚下是跨度不足一米的刀脊，一半是积雪一半是山石，稍有不慎便会踩空掉下万丈悬崖。加之此段线路处在一个大风口上，他们不得不将注意力集中到踏在雪上或岩石上的每一步，尤其是领头带队的胡马，有时他也无法确定下一步是不是稳固安全的，他又想起来老方那句话，登上白礼雪山，运气占很大的一部分。

跨越了惊险的刀脊山峰和极易引发雪崩的上百米冰雪坡后，他们终于抵达C2。众人稍作休息后，在一处乱石平台上谨慎地搭建起营地，商议是否还要继续攀登。此时到达的C2营地在海拔六千米以上，距离峰顶还有一千多米距离，有过最高的纪录是在距C2营地百米左右的雪坡，仔细留意的话，兴许还能在附近找到这位纪录创造者的遗体。

胡马和山下的气象预测员联络后，确定目前气象会保持稳定状态，不会对攀登造成影响，如果能克服地形挑战，登顶的希望还是很大的。大家沉默着，渐渐地，有人表态支持继续攀登，遇到这么好的气象不容易，放弃着实可惜。随后，继续攀登的提议获得一致同意。

在C2狭窄的营地上度过不安的睡眠之后，众人整理行装朝着峰顶前行，风力加大但仍在预测范围之内。在朝下一个适合停脚的地方行进过程中，走在后面的老关，看到前面的许小满步伐逐渐变慢，叫了两声没得到回应，大概是风声太大，他急走了两步拍了拍许小满的肩膀，许小满才回过头来。

老关问："炉头在你那儿吧？一会儿歇脚的时候烧点水。"

许小满回答道："在这儿呢。"说着就伸手往背上的行囊里摸，忽然动作停下来，怔在原地回望着远处的C2营地。

"你不会给落在营地了吧？"老关问。

许小满仔细回忆着，在收拾工具时，自己的确应下老关收起炉头，但似乎转头就给忘了。

胡马回头看见二人顿在后面，问："怎么了？"

老关对众人说道："停下来歇会儿，有些累了。"

胡马不理解刚出发没多久为什么就要停下休息，但他还是听从了建议。离峰顶越近他心里越是急迫，哪怕是歇会儿脚，也要和队员商议接下来的路线状况。

老关让许小满戴上氧气罩，经验丰富的他察觉到许小满不是随便忘了，而是缺氧导致的注意力无法集中，加上步伐逐渐减缓，也许许小满身体上出现了些微变化而他自己还没有意识到。

许小满坐在石头上闭着双眼吸氧，浑身的疲累和头疼渐渐得以缓解，原本他以为只是没睡好才会这样，幸好及时被老关察觉。胡马也注意到了许小满的情况，没有多说一句话，拿了水来让他把药吃下去，又按摩他的头和手上的穴位以缓解头疼。从其他人的目光中，许小满猜想应该还没有人像他这样享受过胡马的按摩待遇。

他看着胡马，忽然想起童年的某个夜晚，也是如此昏昏沉沉的凌晨时分，窗外的梨花摇曳着春风吹进屋内，躺在床上的许小满身体发烫得要灼烧起来，火烧到嗓子，只觉得分外口渴，他断断续续发出模糊不清的央求，却始终没能得到回应。此刻，那干渴在高山干燥的强风中隐约涌上，但他不敢将水一饮而尽，除非今天能登顶并尽快下山找到炉头，否则全员都将面临没水喝的危险境地。

在身体逐渐恢复后，他们重新动身起来。凌晨时分他们行进了近千米，后半程几乎是每走二十步就歇一会儿，大家体力都已消耗大半，他们在一个缓坡上搭建起两个帐篷暂作休息。此后，这个地点也被后来者当作C3营地。

休息了不过两个小时后，胡马和老方看现在风力和天气都很难得，决定在日出前尽快冲顶。虽然距峰顶剩余路程不过百米，可他们接下来要面对的是最危险的地形——百米近乎垂直的山体，长矛一样直指天空的峰顶，高度和陡度令人生畏。

由于冰岩混合地段无法吃住冰锥，而依附的保护点又极少，也没有可缓冲的缓坡地带，一旦发生坠落几乎等同于坠向悬崖，目前唯一的办法只能是依靠机械塞替代冰锥提供保护点，并依靠冰爪和冰镐向上攀登。

在攀登之前，大家把不必要的行李扔下以减轻重量，胡马仍旧冲在前面，为后面的队员开辟安全路线，攀登中他尽量不去分心，但还是察觉到第一次出现了手心冒汗的情况。

队员之间隔着一段距离，冰镐砸向冰壁，登山靴稳定攀升，整个身体依靠四肢但仍感到自己是悬在空中。胡马安置机械塞的时候，突然传来一声不祥的冰面撕裂的声音，胡马立刻意识到是左手的冰镐剥离了冰面，冰爪也在重力之下脱离冰面。胡马立即将整个身子伏在冰面之上，快速做出反应，将左手的冰镐持续不断地砸向冰壁，右手的冰镐在身体的重量压力下将冰壁撕开一条裂口，人悬在高空紧紧抓着冰镐以极快的速度往下坠落，身后的老方及时反应抓紧结组绳固定机械塞，后面的队员也一一照做，同时避开胡马以免发生撞击。

胡马脚上的冰爪撞击并凿进冰面的瞬间，许小满伸手拽住了他的结组绳，结组绳霎时绷紧，胡马整个身子后仰在半空中，许小满以一臂之力拽着胡马想让他贴回冰壁，但一人之力有限，许小满手臂青筋暴起，颤抖不止。胡马不敢乱动，他担心一旦晃动，许小满也会被带下去。有一瞬间，胡马的手摸到了腰间的小刀，锋利程度足以划断结组绳……眼看撑不住的时候，后面的老关终于爬上来抓住了绳子，在两人合力下，胡马才得以贴上冰壁，重新找到着力点。

众人皆被这突发状况吓出了一身冷汗，胡马后面的老方一边稳定军心，一边询问胡马是否继续，胡马粗重的喘息声被淹没在呼啸的山风中，额头冰凉的汗贴在皮肤上，他短暂地沉默了一下，然后继续向上。

太阳是突然出现的，从最高的峰顶冒出来。刚刚他们还身处地狱一般的暗夜，在望不到尽头的山体上艰难攀爬，金色光芒的突然出现首先宣告了心悸的终结，随后让白礼冷峻的面目变得更加清晰起来，即便是产生了放弃念头的人，也在这时有了继续下去的动力。

但是，这光芒并未照进胡马的心里，第一个爬上峰顶的他也第一个感受到某种模糊的挫败感，从模糊到清晰的过程，只用了在峰顶停留的一刻钟时间。

哪里有什么征服，何谈什么挑战，都是人类的自大自满。惊险过后的胡马坐在峰顶这么想着。

作为第一支登上白礼雪山的登山队领队，在其他队员或多或少处在骄傲、兴奋的时刻，胡马无意再多停留。他告知队员做好下山准备，打算在天黑前赶回C1营地。其他人都还眷恋着山顶风光，许小满一如既往地会看人眼色，率先做出回应。

下山途中依旧危险重重，路上仍要花费不少时间，返回到C2营地时，风力突然加强，吸没了阳光，只留一块光斑贴在天上。

要加快速度了，胡马心想。

此时山下气象预测员的通信呼叫响起来，吸引了所有人的注意，同一时刻，老方突然不安地朝四周望去。风力逐渐加强，胡马与预测员的通话都要靠大声喊才能让对方听到。

“东南方向有积雨云形成，风力将达到八级！所有队员必须马上下山！马上下山！”

预测员的声音只有胡马听得到，胡马在快速地思索预测员的话后，毫不犹豫地回头示意队员加速撤离。然而比积雨云和狂风更可怕的情况正在发生。

老方率先听到了声音，去找丢掉的炉头的许小满随后也听到了那令人不安的声音，先是不太明显的破裂声，而后是沉闷的摩擦声，接着，在脚下颤动形成更大声势之时，不等众人反应，老方便大喊道：“是雪崩，快跑！”

一片震耳欲聋的声音从近山顶处，随着大片融化的雪坡滚滚而来。胡马和老方紧急率众人往斜下方跑去。

雪崩速度极快，像放闸的运河水一样奔涌而来。

来不及了！胡马大声喊众人躲到岩石后面，长期的训练在此时得到充分发挥，众人动作迅疾，紧紧抓着岩石或用冰镐抓住冰面，刚深吸一口气，一阵磅礴的冲击气流便从头顶铺天盖地灌下来，老关感觉到腰间一股力量猝然消失，身体像卷入激流般不受控制地悬空动荡，只有失去知觉的双手，仍然借着全身的力气和混乱的意识，和岩石结为一体。

短短几秒钟，气流冲击后留下了包裹全身的压力和窒息。积雪之下，风暴声消退，只有耳间充斥着嗡鸣。

3

“然后呢？”大罗问。

不知什么时候，许小满的身旁围了一圈人听他讲攀登白礼雪山的经历，曲寒的目光也早已转移到许小满身上，她甚至在他讲述时，看到他头发结了一层薄薄的冰晶，连眉毛、睫毛上也落上了白霜。但除了她之外没有人发现，或者他们发现了并不以为奇，就像在地铁里看到小猫站在他肩膀上一样。

正当曲寒为此惊奇时，许小满回答说：“后来大家都安然无恙，那场雪崩没有造成人员伤亡。经历雪崩后，为了避免积雨云的到来，大家匆忙下了山，在天黑前赶回了C1营地。”

大罗的友人发出感叹：“真是幸运！”

从此前细致的讲述中，大罗和曲寒一样，都感觉这并非许小满的胡编乱造，同时对他这张年轻的面孔产生更深的疑问。

许小满转头看向曲寒问：“还有什么想知道的吗？”

众人随着许小满的目光看向曲寒，似乎还没从刚刚的氛围中脱离，仍旧跟着许小满的思路在行动。曲寒被众人的目光围在角落，立时局促。

“啤酒饮料矿泉水，花生瓜子八宝粥，哎，前面的让一下啊，让一让。”推车叫卖的售货员打破了僵硬的氛围，冲散了人群。大罗率先回到自己位子上，友人也说：“散了散了，让人家俩说话吧。”

曲寒有些尴尬，起身离开座位往车厢连接处走去，许小满在她身后张望，等待片刻不见人回来，也起身跟去。来到车厢连接处，一转身看见曲寒靠在门口的墙壁上正在接一通电话，手指间还夹着一支未点燃的香烟。

她瞥了一眼许小满后，背过身去接电话，但火车嗡嗡的噪声令她很难听清电话里的声音，她打开扩音器，一个男人努力大声说话的声音从手机里传来——

“我说，刚才我在上课，你有事吗？”

“我有件事问你，瑶瑶在高一那年是不是去参加了学校的公益志愿活动？”

对方顿了一下，听不清是在叹气还是沉默，他缓缓叫了一声曲寒的名字，继续说：“你现在还关心这些事吗？你在哪儿？怎么那边那么大的噪声？你难道还没有去上班？知不知道你们院长都给我打电话了……”

“嫌烦是吗？院长那边我会解释清楚，不想继续被烦的话，就快些回答我问题。”她的语速很快。

“我不是那个意思，你为什么总是要曲解我？我只是担心你。”

曲寒冷淡的脸色上出现一丝不快：“你没必要每次都把这句话挂在嘴边，我听厌了。如果你觉得这些话能减轻你的负罪感，大可不必说给我听，我一句也听不进去。”对方沉默，曲寒继续问刚才的问题：“瑶瑶去参加公益活动后，有没有跟你提过在那里认识了什么人？”

“高一那年？是有这么回事，但我当时没跟着去，都是各班班主任负责联络这事儿的，我记得瑶瑶那次回来讲了讲在那边做的活动，倒没有提过什么人。”

“瑶瑶认识的人里面有没有叫致远的人？”

“致远？”男人顿了一下，回复说，“应该没有。”

“你仔细想想。”

“瑶瑶的朋友我都认识，我不像你……”男人意识到自己说错了话，急忙纠正说，“不是，我是说，致远一听就是男孩的名字，瑶瑶身边的男孩除了林旭就没别人。你为什么突然问这个？”

“没什么，只是有些奇怪，还有，你把瑶瑶班主任的电话给我。”

“别怪我啰唆，”男人的声音变得有些低沉，“你现在关心瑶瑶已经晚了。”

“我说把电话给我。”

男人沉默了两秒，说一会儿发短信给她。挂断了电话，她回头看见许小满还站在车厢连接处，没有理会，燃起了香烟。烟雾飘过她的侧脸徐徐上升，夹烟的手势很是自然。

许小满也靠在墙上静静地看着她，窗外经过的地方降下深秋浓雾，不一会儿两侧风景便迷失在白雾之中，许小满眼中浮上惆怅。

“瑶瑶是你的女儿吗？”他问。

曲寒不想回答，这时收到短信，郑献将班主任的电话号码发来，曲寒立刻又打起了电话。

“喂，赵老师吗？我是瑶瑶的妈妈，我有点事情想要问您。”

电话里的赵老师听见是瑶瑶妈妈，声音有些意外，说道：“瑶瑶妈妈，您有什么事找我？”

“我想问问瑶瑶高一时参加的学校公益活动中，当时受资助人里面有没有叫什么致远的，姓我不太记得了。”

“致远？这我得查查当时的名单，过去一年多了，具体的我也记不清，是出了什么事吗？”

“嗯……没有，只是看瑶瑶之前还和他有联系，有点事情想要问问他。”

赵老师没再询问，答应查到后再打电话来。曲寒继续抽着烟，看了眼在向窗外张望的许小满，开口道：“偷听电话也没你这么明显的。”

“忙完了？你找那个叫致远的做什么？”

“跟你无关。”曲寒突然凝眉看着他，试探地问，“刘阿年让你来找我，他有跟你说过什么吗？”

“哪里是刘阿年让我来找你，分明是你让我回来的。”

“又在说谎了，我什么时候让你回来了？这样的话我从来没对你说过，连想也没想过。”

许小满无所谓地笑笑，转移了话题问：“你和刘阿年时常联系吗？”

“不常联系，有时两三年没有消息，有时他又突然出现，说是路过要来看看我，但每次都是待很短的时间就要走，不知道在忙什么。他前段时间电话倒是不少打来，搞得我像是有了外遇才离婚的。”曲寒有些奇怪，她问，“这么多年，你和他也没有联系吗？”

许小满摇摇头道：“他说了什么有关我的事情吗？”

“这倒没有，他在我面前一向不太提起你。我只是觉得你们没有理由不联系。”

“他现在在做什么？过得还好吗？”

“他大概还不错，现在是地理杂志的专职摄影师，小有名气，没事儿满世界跑，在国内也有长住的地方，似乎是在一个村子里。常看见他在微博上发那里的照片，只是没问过他为什么会选择在那儿。”

“那里是什么样子？”

曲寒没料到他会问如此细节的问题，但见他是在认真发问，便回忆起那些在刘阿年摄影图片中的景色，回答道：“那片村庄，由大约几十家白棕色相间的房子相聚而成，背靠一座低矮的青山。村庄前面地势开阔，高低起伏坡度缓和，近处是一畦一畦的农田，农田邻近的坡道上则散落着在夏天裹满紫色花朵的树木，远处被杉林和青松覆盖的山坡，常年青绿。上百条新旧不一的经幡悬挂于山坡和山谷河流岸边的两端，日日在风中鼓舞。太阳透亮，不见尘埃，大约还有一些牛马，云雀，山雾，还有一些……”

香烟烧透了的灰烬掉落，曲寒望着窗外的白雾出神，许小满帮她把烟头捻灭扔进金属烟灰缸里去。沉默中，火车滚滚的车轮声变得空荡而沉重，许小满的声音在摇晃的吱吱呀呀中来回碰撞。

“你在想临西吗？”

“是啊，临西也常年飘着雾。”

北方小城临西的老城区的冬天，时常飘着雾，一种是家家户户烟囱里的烟火雾气，一种便是长暮河水面之上成片成片的水雾。

据说，长暮河是大河的分支，流经两大省份，穿过整个临西城的部分地热资源丰富，即便在零下十几度的寒冬也从不结冰，水流淙淙，水草丰茂，像修行者恪守着一成不变的生活规律。

长暮河的北面就是他们从小长到大的故乡临西城。临西的历史曲寒听过不下十几遍，它和临西被津津乐道的红色黄昏一样，常年在人们耳边厮磨。临西的历史从临西人口口相传，变成立在火车站纪念碑上的碑文，祈求在时间的屠杀中获得永生。

它原本是北方毫不起眼的一个村落，几百年前成为战争中的一道关隘，从而声名鹊起，像个被夸赞的孩子一样开始了积极的土木建设，逐渐形成现在的老城区的雏形。历史上也有二三文人从此地走出，为小城扬了名，在时间的沉淀中，有一天他们再次被提起，人们扑扑灰尘，想起他们曾给予这座城市的荣誉，于是工厂涌入，金钱流入，茅草屋变成砖瓦屋，残垣变成铁壁，长暮河的水散发出恶臭，红色黄昏染上黑烟，分不清是荣耀染上污浊，还是污浊加持了荣耀，总归临西有过这样的历史，并且这历史在匆忙之中逐渐消隐。

工厂逐渐没落，市场向南扩张。如今人们提起临西，往往想起的都是南开发区发达的交通线和兴盛的商业街，新世界的招牌挂在高楼之上，意图从时代中开发新的历史。

而老城区更像是一个独立的小城，以停滞的姿态坦然接受自己几乎看不到再次转折的命运，以悲观又老成的面目在红色黄昏中望着废弃的铁皮怪兽，回想着大张旗鼓的入侵者和那段喧嚣岁月，而它能做的只是一点一滴地恢复长暮河的清澈。

1990年的冬天，零下十几度的天气，水管和大地冻裂了，连水缸里的水也结结实实地冻成了冰，砸不开也化不开，家家户户缺了水都是先朝邻居借水吃，没得借了就去长暮河的上游灌水来吃。虽说天气不会一直冷下去，但在缺水吃的那几天，总有不少人会拎桶或壶向运水人买水，买的人多了，赚的钱也差不多够一家人半个月左右的花销，于是每年冬天，总会有人盯上这门营生。

寂静的冬日下午，挂在大门口的铃铛响起来，脚步声轻快且方向明确，曲寒知道是那位每隔一段时间就会来院子里的女人。她每次都愁眉不展地来，然后气冲冲地走，但下次又会拎着大米或蔬菜走进许家的房子，许小满叫她姑姑。

和许桂中一样，姑姑也是个瘦削高挑的人，她看起来勤快整洁，进了许家总是先收拾一阵儿，然后才和人说话。但她的嘴皮子似乎并不像手脚一样利落，碰上许桂中总是要苦口婆心地唠唠叨叨好大一会儿。

这天，她像往常一样收拾房间的时候，发现了许桂中随便扔掉的工作介绍信，她气红的脸和煤炉里的炭一样，许桂中看了一眼她，便被灼烫似的跳起来要往外走。她抓住许桂中指责起来，大概碍于许小满也在场，说的话听起来仍是在劝说。许桂中不耐烦地说："稿费收入是不多但尚能果腹，你介绍的国棉厂的工作我怎么做得来！”

姑姑说：“你是身在福中不知福，我费了多少辛苦才找人给你写了介绍信，成天念叨你那点稿费，那点儿钱是能交房租还是能给小满交学费？要不是我一个月三趟地往你这跑，你连红薯都吃不起。”

“吃不起就不吃！”

“你不吃行，别饿着孩子，你看把小满饿成什么样了！”姑姑捏着许小满略微圆润的脸怒声道。她低头看了看许小满，疑惑地问，“小满，你怎么比我上次来的时候还胖了？”

许小满朝窗外瞟了一眼，曲寒正趴在窗口笑，在被发现之前她蹲下藏了起来，怀里抱着的是曲寒父亲上次回家买的面包和煮熟的鸡蛋。

“青春期。”许小满回道。

姑姑若有所思地点了点头，接着又对许桂中说：“许桂中你听我一句劝……”

“说了叫我笔名，寒山，寒山！”

“行行行，许寒山！我知道你心气儿高不愿做辛苦工作，但你也为小满想想，咱就算不去做稳定工作，哪怕做个短工也行啊……”

姑姑和许桂中说话期间，许小满开门把曲寒赶回家去，她二话不说将手里的面包和鸡蛋塞到许小满怀里。看着曲寒跑回堂屋后，许小满趁着大人在说话，偷偷把鸡蛋放到锅里，许桂中从来不在意这些事，家里东西多了少了，他都不会发现，更不会过问。

起初许小满对曲寒总送东西这事儿很不理解，也不想接受施舍，后来也禁不住她总送，因为心里有亏欠，许小满默默为曲家做了不少体力活，也默默承担了上下学路上为她拎书包的责任。在学校里，不少同学背地里叫他“曲寒的小跟班”，但他并不在乎这些闲言碎语。

那天，曲寒从窗户后面看到姑姑这回是笑着回去的，后来才知道，许桂中勉强答应干起从长暮河运水的营生，冬天做这活的日子并不多，但好歹也是一步妥协。

姑姑帮许桂中借了马车，许桂中把家里那口大水缸挪到马车上固定好，一大清早赶着马车朝长暮河上游的方向出发，在清晨家家户户醒来要用水的时候，他也差不多赶了回来。许桂中体力不行，起初做这营生时，将马车赶到河边灌到半缸水他就已经累得气喘吁吁，姑姑时常怕他半途而废——他的确那么做过——但几次下来，他也算咬咬牙独自挺过去了，每次回到家看到许小满准备好的早饭，他心里总有一种不能仔细琢磨的情绪，是他不愿接受、自认为平庸的情绪。

有一天，许桂中出门不久，大门口的铃铛又响了起来。刚起床的曲寒拎着水壶准备去买水，却看见许桂中一边走进来一边蹙眉念叨“奇了怪了”。

曲寒跑到院外，看到马车拴在桩子上，车上面的水缸是空的。许小满也跑出来看了眼，问许桂中：“爸，今天不运水了吗？”

许桂中摆摆手说：“运不了了。”

曲寒和许小满各自疑惑着扒拉完早饭，一路小跑到达长暮河，岸边已经站了不少人，住在河边的老人惊奇地瞪大双眼，对旁人说道，活了这么多年，第一次看见这不冻河结了冰。

长暮河此时不像往常那样水面浮着淡淡热气，水流也不再淙淙流动，而是变成一整面平整光滑且结实的冰。在横跨长暮河的桥上，兀地出现了一辆载满行李和小家具的三轮车，三轮车由车夫骑着，旁边走着一对中年男女，他们一左一右分别扶着用绳子捆绑在车上的行李。

此外，桥下的冰面之上，一个和曲寒年龄相近的男孩手里拎着一个小行李箱，肩上背着一个乐器盒子，从冰面上走来。他站在冰面上与岸边乡邻对望时，临西人逐渐打消了对这片冰面的猜疑，和一开始接受世上存在永不停息的河流一样，他们也接受了不冻河也会结冰，并自然而然地面对这个事实。他们一个接一个地走上去，从小心翼翼地滑冰到肆无忌惮地凿洞钓鱼，有不少人还是第一次见到如此宽阔厚实的冰面。

后来那一家三口住进胡同，和曲寒家做起了邻居，听说那院子原本就是他们家老爷子的，老爷子去世后，一家人才得到了这份家产。

这家的夫妻似乎都是在新城区做生意的，每天早出晚归，往来于新老城区之间，忙得与邻居们见不着面。这家的儿子，刘阿年，进了曲寒、许小满所在的学校，和刚来临西时的引人注目一样，刘阿年在学校也成了口口相传的焦点，什么年级第一啦，比赛冠军啦，对他来说似乎都是信手拈来。

每天早晨，他都会骑着一辆崭新的自行车，在曲寒和许小满身后摁着响脆的车铃，风一样地穿过，在拐弯处留下车轮急速摩擦地面的痕迹，然后呼啸着穿过老城街道。还有他崭新的球鞋、书包和一头与他父亲相似的抹了油的头发，都让人在风里眯起眼睛。

有一段时间，刘阿年是他们了解世界的窗口。凡是新鲜玩意儿，无一不是刘阿年带来的，比如他们之前从来没见过的音乐磁带、游戏机、飞机模型。自然，他们的乐子，刘阿年一样都瞧不上，譬如春天抓蛐蛐，夏晚扑蜻蜓，又譬如玩赛火车的扑克游戏、弹弹珠、跳房子等，他一概嗤之以鼻："怎么会有人玩这么无聊的游戏。""你们太幼稚啦！""这算得了什么？你以为我会稀罕？"

他总是这样拒绝，因此曲寒和许小满也不再叫上他玩耍。有一回曲寒从父亲那里得到一辆旧自行车，她与许小满在胡同里练习骑自行车的时候，听到刘家院子里传来刘阿年拉小提琴的声音，小提琴声音从宛转悠扬，渐渐变得急促跳跃，后来像鬼骂街一样嘶哑。然后刘阿年就冲出院子，对他们喊："你们小点声，打扰我练琴了！"

"对不起，我们换个地方。"许小满说。

"换个地方一样吵，一辆破自行车有什么好稀罕的？在这里玩了一下午不嫌烦吗？"

"当然没你的好，你的东西最好，谁也比不上。"曲寒已经开始生气了。

"那当然，你这种横梁自行车早过时了，乡巴佬才骑，我的车牌子说出来你怕是听也没听过。"

"刘阿年，我们也不稀罕你的！我们玩我们的，关你什么事！"

刘阿年快速地涨红了脸，脸上那稚嫩得尚不能好好管控的五官紧张地簇拥着，他很快就要吓退了曲寒，只要他再坚持坚持。但接着他"哇"的一声大哭起来，然后头也不回地跑回院子里。曲寒和许小满都愣住了，仿佛他们觉得刘阿年是个大人，不应该像个不会擦鼻涕的小孩子一样号啕大哭。

自那回大哭后，有段时间刘阿年和他们不说话，但曲寒仍感觉到他一个人在密谋什么，他看起来并不消极，反而在经过他们的时候刻意地加快脚步，在他并不感兴趣的老城街巷里走来走去，似乎在谋划什么能让她和许小满大开眼界的事情。

那一天果然来了，曲寒弄丢了很久的笔盒突然失而复得，是刘阿年送来的。她常常弄丢很多东西，这还是第一次被找回来。她问："你是从哪里找回来的？"

刘阿年卖起了关子，神神秘秘吊人胃口，不肯透露半句。后来刘阿年还送来其他东西，都是她之前弄丢的，曲寒和许小满实在忍不住，跑来找刘阿年，问他到底都是从哪儿找回来的。刘阿年备感苦恼似的在曲寒和许小满面前踱步，良久，他才说："这是我的一个秘密，你们听了之后绝对不能告诉另外的人，否则就会引来不可预估的后果。"

曲寒和许小满郑重地点头答应，刘阿年慎重地开口说道："其实我有超能力，我可以与物体有所感应，不通过接触就能感受到它们，这种超能力的学名叫作'心灵致动'。"

"什么心灵吃咚？怎么吃？"曲寒问。

"是心灵致动，"刘阿年又咬字清晰地重复了一遍，他认为这些东西对他们来说很难理解，就详细解释说，"比如你丢的东西，我能通过意念感知到它们，不接触，就能找到它们在什么地方。"

许小满持以怀疑的态度，不发一言，刘阿年进一步解释说："我知道你们很难相信，但是你们想想长暮河这么多年来不结冰，我一来就结了冰，如果不是我通过意念影响了河面，它怎么会结冰？"

"是你让长暮河结了冰！"曲寒惊讶道。

“那你还能让它再结一次冰吗？”许小满问。

“这种能力不能随便用，让你们见识一次也就算了，用多了我会长不高的，还有疑问吗？”

“有，你考试第一也是……”曲寒没问完，刘阿年便打断回道：“不不不，考第一是因为我聪明，下一个。”

“你和王婆什么关系？”曲寒追问。

“王婆是谁？”

“跳大神的。”

“胡说，没半点关系！”

“你能让河水结冰，让丢失的东西回来，难道它们都是活物，能听你的话？”许小满问道。

“这个我没办法跟你解释，我只是确信自己比寻常人更灵敏，感知力更强。这是与生俱来的本事，就像鸟儿天生会飞，蜘蛛天生会织网。”

许小满和曲寒听得迷糊，因为无法理解而不相信他的话，许小满提出要求：“如果你能当场证明给我们看，我们就信。”

刘阿年不再踱步，犹豫片刻说道：“跟我来，我要找个安静的地方。”

三人一路走出胡同和街道，走向红色黄昏下被遗弃的工厂区，斑斑锈迹的铁皮透露着末日残衰，微风中晃动的杂草从铁皮缝隙中野蛮生长，黑黢黢的门窗空洞茫然，像怪物求救的眼睛。

在那天，那里的一切格外生动。

在工厂附近一片枯黄的杂草地上，刘阿年挖了一个小土坑，然后将一颗不知道什么时候攥在手里的种子放了进去。他说："我从来没尝试过这件事。"

"你要感知那颗种子吗？"许小满问。

"不是，我要感受这片土地，既然要试了，那么索性让你们开开眼界，我也要看看自己这能力到底能到什么地步。你们就没有过好奇吗？对我们头顶上的星星，脚下面的土地？"

"你为什么要埋颗种子？"曲寒问。

"因为我直觉感受到，土地总是沉默不语，所以我想应该要通过感受种子才能间接地感受到土地，也就是说……你们听不懂就算了，看着吧。"

许小满和曲寒凑近了，要看看刘阿年如何发挥他的超能力，更确切地说，他们其实是想捕捉他的破绽。可这过程出乎意料地过于简单，刘阿年坐在地上埋好了种子，然后就只是静静地看着。

地底下那颗种子没有发芽，地面工厂里也无怪物扑来。在夕阳消逝的时间里，刘阿年挪挪屁股，站起来又坐下，托着下巴凝神盯着微微隆起的沙土，像盯着自己还没完成的作业一样愁眉不展。曲寒怀疑他是失败了，又或者从一开始他就在撒谎。

"要给它浇水吗？"曲寒问。

“或许是颗坏种子。”许小满猜测。

“天要黑了，我们明天再来试试。”曲寒又道。

曲寒和许小满起身打算回家，回头催促刘阿年再不回去这里晚上就要闹鬼，刘阿年佝偻的身体微微动了动，像刚冒出的野草一样动了动，他年幼稚嫩的嗓音，在静得出奇的暗蓝夜色中，空洞洞地念念有词：

“种子长大，会结硕果，种子长大，也将飘零。丰收好年头，爱在死之后。河向东流，人向西不回头。生命起于被注视的那一刻，今后所有分别都是捉迷藏。孩子，和孩子们，留下还是离开，你我本就自由。”

刘阿年缓缓起身、回头，脸上是茫然的模样。曲寒躲在许小满的身后，露出一双眼睛胆怯地看着刘阿年，刘阿年开口问：“你能明白吗？”

一辆火车从窗外蓦地驶过，像穿过了她的身体，瞬间抽空了心脏的供氧，让人心跳漏拍。靠在窗边的曲寒猛然醒来，呼吸急促，额头上覆着薄薄的一层汗水。此时许小满看不出情绪的目光从窗外回到曲寒身上。

“做噩梦了？”

曲寒望了望周围，缓了缓神，发现自己不知什么时候回到了座位上，身边的女学生和对面的西装男人都不在了。许小满说她刚才不知为什么突然要回到座位上睡觉，他关心地询问她是不是很久没睡个好觉了，曲寒仍未缓过神来，问他："睡了有多久？"然后又急忙看了眼手机生怕错过赵老师的来电，但好在还没有来电和消息。

许小满回复说："大概有二十分钟。"

曲寒打开面前的水喝下，慢慢平复心绪，一个月以来，她只有在凌晨时才睡上一会儿，而且大多时候会做些清醒的梦，从来没在大白天有过如此深沉的睡意。曲寒想起以前刘阿年的确曾以有超能力为由与他们交朋友，但日子久了，刘阿年再没什么出人意料的行动，甚至有几次发挥所谓超能力但毫无作用之后，她和许小满便深以为他神叨叨的一切都是糊弄人的，也就渐渐淡忘了此事。

突然间做了这个怪梦，曲寒心里只道是身体太过劳顿的原因。她看了看身边的空座位问："他们人呢？"

"刚刚到站，下车了。"

曲寒看到过道旁的大罗和友人似乎也睡了过去，她试图回忆自己如何回到座位上，又如何睡了过去，但这段过程似乎被掐断了，没有留下任何痕迹，她问："刚刚我睡着之前，我们在聊什么？"

"我们聊起了刘阿年，还有他现在居住的地方。你梦到他了？"

“你怎么知道？难道你也有什么超能力？”

“那倒没有，我可不会什么心灵致动。”

曲寒瞬间闪过一个疑问，自己刚才意指年幼时刘阿年的超能力往事，许小满不假思索做出回应，仿佛对过去了二十多年的小事无须回忆便能畅谈，这对任何一个正常人，哪怕是有亲身经历的曲寒来说，都不是容易的事，而且，想想在过去认识的时间里，她也并未发现他在记忆方面有何突出之处。

“你不信？”许小满问道，曲寒才稍稍从思绪中抽离。

“说不好，你手上看不出多余动作，不像对他们撒谎时那样用手指划桌面。”曲寒示意大罗的方向。

“啊……被你看穿了，也就你能看穿我，刚才不得已对大爷他们撒谎，倒也不是因为有什么不可说的秘密，登雪山的原因嘛，其实很简单，只是在当时我有强烈的渴望要去那山顶上看一看。”

“仅仅是这样，那位队长怎么会同意你加入登山队？”

“之所以借用马洛里的那句名言，不对你们说出真实目的，只是因为解释起来很麻烦，大家未必会感同身受。当时我告诉胡马，我说我想登山没有什么大抱负也不想挑战什么，只是想感受一下。”

“感受什么？”

许小满顿了一顿，说道：“以前读过一首叫‘雪山’的诗，那首诗是这么写的：因为打碎了一只水壶/她在一个夜晚掩面而泣/消失进黎明晨雾/雪没有尽头地落/淹灭了故乡和四通八达的路/再也不能生长出玫瑰/唤不回她 更换不来米/你以雪覆我面/叫我闭嘴 咽下苦水/你以风入我怀/叫我双手 攥不住笔/世俗先是爬上父母的肩头/如今又爬上了我的肩头/那里也曾是你坐的位置呀/你不知道 不要沮丧/初升的太阳也曾让那里/时间静止暖春开遍。”

时间静止，暖春开遍。曲寒在心里默念着最后一句，她问道：“那么，因为对一首诗的触动，你决定攀登雪山？”

“我想看看雪山是不是真的像诗里说的那样痛苦，太阳初升时是否会暖春开遍。我曾对此有很多困惑，也许只有那样，我才能真正理解诗人为什么会留下那样的诗。”

她隐隐觉得许小满有所隐瞒，但又无从开口。她问：“那位队长就这么理解你了？”

“胡马这样严谨的人不会放过任何细节，我也是经历一番质问和体能训练，才被同意加入登山队的。”

“这么难进的登山队，后来又为什么退出？”许小满笑了起来。曲寒又问：“笑什么？”

“我笑你终于不再对我不理不睬了。”

曲寒不做任何辩解，也看不出面色不悦。刚刚小憩时留下的碎片记忆中，有一刻的印象分外显眼，让曲寒无法忽视——在刘阿年咒语一般的念白中，她躲在许小满的身后。

许小满回答她说：“其实离开登山队也没什么特别的理由，有相聚就必有别离，不过是早晚的事。”

“难道当初离开我们也是这个想法？”

许小满观察着她的表情，但明显她依旧只是客观地询问，尚未夹带情绪，他回道：“有人一起做喜欢的事当然好，但一个人才是常态。”

“既然是常态，又何必刻意离开，莫非你有什么特别的要求，要求不论精神还是身体都需要独处？又或者，你觉得你身边的人干预了你，影响了你，让你产生不必要的负担？”

虽然从头到尾看不出生气的迹象，但许小满仍从她的话里察觉到了质问的意思。

“我们只是选择了不同的路。”许小满回道，又稍稍沉吟说，“不管是离开你们还是离开登山队，我们失去联系说来都算不上什么大不了的事，让人难以接受的其实是切断了最后的精神联系，直白点，就是彼此相忘。所以啊，在一定程度上来说，我的离开并非真正的离开，有人在牵绊着我，你、刘阿年还有登山队中的一些人。”

微微摇晃的车厢里，许小满的声音听起来像是从遥远而不真实的地方传来的。

“你的意思是，你从来没离开过我们？”

她心头涌上几分讥笑，随后那讥笑在许小满的靠近中骤然消失，他的目光移到曲寒抓着水瓶没有任何装饰的手指上，脸上是曲寒所怀疑的完美无缺的真挚，他说："不要害怕一个人。"

曲寒沉默着。

"哪怕把自己撞得头破血流，不也在硬着头皮应对吗？何况，如今我和刘阿年依旧在你身边。"

关于回忆，尤其是幼时的回忆，曲寒一向认为具有一定程度的矫饰和欺骗性。就像刘阿年的出现与结了冰的长暮河始终无法在记忆中分割开来，不论是否起因于刘阿年的超能力，不冻河永远流动的权威都已经被打破。后来曲寒更愿意把他从冰面上走来的那件事看作一场预示，预示刘阿年早晚有一天会将深深植入他身上的权威教育打破，预示她和许小满为各自摆脱困缚、避免某天来不及挽回的重蹈覆辙，沉沦，或反抗。

仲夏时节，天亮得早，许小满被窗外的鸟叫声吵醒。他起床后去提水，路过院子时发现锁住的大门缝隙被撑大，一个身影似乎正倚靠着坐在门槛上。许小满去开门，却没料到靠门睡过去的是曲寒，她身子顺势往后仰去，许小满及时扶住，没让她摔进来。

后来，许小满从着急回来确认曲寒安全的曲寒父母口中听说，那天夜里，曲寒不知为什么半夜从新城区父母家里醒来，穿了衣服凌晨时分独自从家里出走，没有公交车，没有过路行人，她一个人从新城区空荡荡的大街走过无人的郊外，又顺着那条进城大路，一边驱赶着蚊虫，一边走回了老城区的四合院。

许小满见她回来时衣着整齐，还不忘背着自己的书包，醒来时知道自己身在何处，判断她不是梦游。但他也想不出，平日里胆小的她是怎么一个人穿过黑夜，走一个多小时的路回到家里来的。

他问她，她什么也不说。往常从新城区的家里回来，她一定缠着他讲述那些说不完的见闻，可这回从她嘴里听不到一个字。她的目光不像从前那样跳跃着微光，而是像死水一般寂静。她很容易受到惊吓，常常被刘阿年胡闹的小动作吓到，也不愿见到她的父母，自己躲在房间锁上门不出声，见到母亲不再冲到母亲怀里，看见父亲也不愿多说一句话。窗外的鸟鸣和熟透的梨子不再吸引她，任凭刘阿年拿出什么新鲜小玩意儿，她都无动于衷。外婆说她一定是被路上的小鬼吓到了，于是带她去王婆那里叫叫魂，她却把王婆的米倒进了鸡料槽里，外婆跟在身后慌乱叫着她一定是被小鬼附了身，许小满却不信。

有一天在通往新城区的公交站前，许小满看见她独自背着一只书包上了公交车，那包沉甸甸的，似乎坠着什么东西。许小满赶快拉着刘阿年也上了下一辆公交车。他们远远地跟在曲寒身后，到了一家市中心的咖啡馆。衣着时髦的年轻男女进进出出，昏暗的灯光从小格子窗户透出来，咖啡香气从开了又合的门里流出来，曲寒就坐在咖啡馆门口的花坛边，许小满和刘阿年则在更远一些的地方关注着她。

大约一个小时后，店里走出来一个一袭红裙、脚踩高跟鞋的女人，她烫着当时流行的香港明星的波浪卷发，耳朵上戴着鹌鹑蛋大小的珍珠耳钉，手里还拎着一个包装精美的似乎装着首饰的盒子。许小满和刘阿年一时没有认出她是谁，看见曲寒躲起来后，才确信那是曲寒的母亲于惠珍。

这个每月例行公事一样地按时回家的女人，每次回来都穿着看不出一丝褶皱的套装，颜色向来朴素，也说不上有什么款式，但仔细观察总能看出细节上的雕琢，有时是袖口上的打褶，有时是裙摆上的荷叶边，都像是自己动手添上去的。许小满曾想自己的母亲是否也是这样一个细致而讲究的女人，但从父亲嘴里得到的是“向来粗糙”的回答，许小满为此对父亲不满了一阵儿。

尽管平日里也可以看出于惠珍是个善于打扮的女人，但人们不曾见她像今日这样明艳。

紧接着，从里面又走出一个穿着一身灰色西装，腋下夹着皮包的男人，走路时右半边比左半边倾斜的幅度要大，但几乎不会有人先注意到他这一点，因为人们往往会先注意到他笑起来时露出的一口大白牙，它让人想到那些嘴皮子滑溜的职业。他伸出手腕看了眼银光闪闪的手表，而后戴上墨镜，招揽了一辆红色出租车。将于惠珍送上车之前，男人轻轻握住她搭在车门上的手，接着要凑近她的朱唇，碍于街上人多眼杂，于惠珍扭头避开了，但那个男人不罢休，还是在她脸颊上亲了一下，然后于惠珍迅速地上了车，离去前仍不忘隔着车窗对男人做了个打电话的手势。

许小满和刘阿年双双看得呆住了，等缓过神来，才发现曲寒和那个皮包男人都已经消失不见，不知道去了哪里。他们毫无头绪地四处张望，又跑进周围的街巷里去找。

“也许我们误会了，他万一是曲寒的亲生爸爸呢。”刘阿年猜测。

“别胡说。”

刘阿年仍愣愣地边走边说：“你看没看见他的手表？我在电影里见过一模一样的，可他居然是个跛子！”

“曲寒去哪儿了？她到底是来做什么的？”

“曲寒妈妈为什么要找个跛子？”

“你往那边看着点，说不定人就在那儿。”

“你说上次曲寒大半夜回家，是不是跟她妈妈这件事有关？”

许小满停下脚步：“其实我觉得我们应该装作没看见，什么都不知道。”

刘阿年惭愧地点点头：“你说得对，我会忘了这件事。”

两人继续往前走，突然在一个巷口前停住了脚步。巷子里面，站在皮包男人面前的曲寒双眼通红，头破血流，一块带血迹的烂铁块扔在她和那个男人的脚边。许小满率先冲过去，将男人扑倒甩了一拳，紧接着刘阿年跳上前骑在男人身上吱哇乱叫地胡乱打起来，成年男人毕竟力气大，他挣脱开两人，又是叫嚣又是恐吓。

“你们是谁！为什么要打我！”他一张嘴，是一口浓重的南方口音。

“把舌头捋直了说话！”刘阿年扑上去又咬又抓。

曲寒朝巷子外呼救，很快就有人围了上来。人们见一个男人在跟两个男孩厮打，小女孩则流着血指责男人，男人又是外地口音，就很快站队，押住气急败坏嘶吼着的男人，要将他送往派出所。含糊不清的声声质问从皮包男人被打破的门牙缝里飞出来，却无人理会。

熙攘人群中，曲寒拉起许小满和刘阿年的手慢慢后退，趁没人注意，她带着他们一路仓皇逃跑，像是害怕被发现什么一样，直到许小满挣脱。

“我带你去医院，然后我们再去派出所，你不要怕。”许小满说。

“不用了，”她笑着擦擦额头的血，又说，“没什么事儿，我们快回去吧，再晚都要赶不上吃饭了。刘阿年，你擦擦鼻血，小心被你爸看见要训你。对了，以后你也是我的朋友了。”

她说得轻飘飘的，仿佛这是一件无须在意的事。刘阿年看了眼许小满，眼神里突然多了份熟稔，似乎他们已经相识多年。他们在浓烈而壮阔的红色黄昏中朝老城区的方向走去，回头招手呼唤许小满。许小满看着她肩上敞开的书包出神，那里面装的沉甸甸的东西已经不见了。

4

十三岁那年夏天的记忆，野草一样从一遍遍烧灼后的黑色大地上冒出头来。许小满不知道为什么讲起了那件事，因而在他刚刚想要将她带入回忆的起初，她便打断了他，并且将那复苏的野草又一次拔出。

虽然当时因未考虑后果就仓促行动而余留的惶恐如今早已烟消云散，可记忆一旦破土而出，她又总会忍不住被牵引着一遍遍地琢磨细节。

琢磨徒步从父母家回到老城区时被身后的恐惧驱赶的夜晚；琢磨在那个夜晚之前，每一个因紧张关系而引发的敏感和争吵、小心翼翼和胆战心惊的时刻；琢磨那个皮包男人被拘留时的心情；琢磨第二天警察找上门来，许小满谎称亲眼看见她被皮包男人砸破头时的心理……琢磨最多的，还是母亲得知此事后面对曲寒时的表情。母亲从未询问她真相如何，只是在深深地凝视之后，身上再也没有过咖啡香气。偶尔，或者经常，她会在母亲眼中看到日渐绝望的怨尤。

因此，有关那段时间里的前因后果，没人比曲寒自己更清楚，即便是当时和她无话不说的许小满也不例外。奇怪的是，此时他为什么要有意提起这件事。

火车快要到站时，曲寒收到赵老师的来电，赵老师回复说：“那年的公益活动信息都有备案，但我翻过，没找到被捐助人中有叫致远的人。”曲寒预想过这种情况，但即便致远不是被捐助人，也不排除他是被捐助人家属的可能，曲寒要了当时志愿活动的具体地点，是湖南和江西交接处的一个小城市，叫盛节。

“盛节？”曲寒听到时明显有些意外，又多问一句，“致远是不是哪个学生的名字？”

赵老师回答说：“我带的班级里没有叫这个名字的人，如果有一定会记得，但也说不定是其他班级的学生，有机会我会帮你再问问。”

道了感谢后，曲寒挂断电话。此时火车到站，车厢中的几名乘客纷纷收拾行李走向车门，曲寒望向窗外，有些踌躇的样子。

许小满察觉后，将她的行李箱拿下来说：“错过了这站，可要五个小时后才能到下一站，这个站小，停留时间大概也就十分钟，还要犹豫吗？”说完，那只白色小猫不知从哪里又跑出来跳上了曲寒的行李箱，似乎是要跟定了她。

“它倒是自来熟。”曲寒说，随后拉起行李箱走向门口。

大罗迷迷糊糊被吵醒，见他们要下车，向两人打了声招呼："要下车了？"两人回身点点头，大罗又说，"那一路顺风。"

曲寒礼貌地点头告别，许小满则爽朗地回复说："您也一路顺风。"说罢两人便下了车。

大罗靠在椅背上扭了扭脖子舒展身体，看着窗外许小满和曲寒在站台上渐行渐远，一丝难以捕捉的微妙感觉挤进快被关上的车门，像是来自久远记忆中的某一段碎片文字，断断续续，字不成句。

对面的友人也醒了过来，盯着他问："怎么了？"

大罗挥散了空中那微妙的感觉，说："没什么。"

根据赵老师提供的地址，他们买到了两张南去的火车坐票，时间是凌晨一点的。

两人从陌生城市的车站走出来，找了一家离火车站不远的饭馆。饭馆外是北方常见的城市街道，一排银杏树落光了金黄叶子。曲寒记得有一年的秋游，一家人就选在了公园银杏林的湖边。饭馆里有五六桌客人，已占据了店内大部分空间，曲寒点了最显眼的招牌鳗鱼饭，许小满却犹豫着什么也没点。刚才买票的时候曲寒就猜出来，他没有钱，连手机也没有。曲寒暂且留下疑问，替他点了一份蛋炒饭。

"你记得我爱吃蛋炒饭？"

"随便点的。"

“可我记得你不爱吃鱼。”他说。

“好像是有那么回事。”

落座之后，店员收拾完上一桌客人的剩余饭菜并擦净桌面，曲寒注意到一滴难以发现的油渍没有擦净，便抽出纸巾细致地擦去，又将碗盘和佐料归置整齐，将没喝完的矿泉水瓶和火车票等扔进垃圾桶，没用完的纸巾整齐地叠好放在桌角。

许小满留意着她的每一个动作，但并未给予过多关注。

“我接下来会去盛节，你有什么打算，就这么一直跟着我吗？”

“至少要陪你走完这一程。”

“我好像不太需要你吧？”

“这话不该问我。”

他似乎知道什么，但似乎又什么都不清楚。看来刘阿年并未将所有的事情告诉他，大概只是希望他能一起相聚，说不定能解开当初的心结，乃至让她摆脱目前的状态。曲寒心里想着，或许是刘阿年太过担心她而病急乱投医，以致忽略了一个事实，她和许小满上次见面是在二十年前了。

“其实没必要因为我跑这么一趟，打乱自己的生活。”

“我……没什么生活。”

这话倒是出人意料，她问：“什么叫没什么生活？”

“不瞒你说，为你而走一趟，是我目前唯一有计划的事情。”

曲寒稍稍思考了一下，又问：“你的工作、家庭呢？”

许小满摇了摇头说："没有家庭，之前工作就是一段时间在各个景点做做导游，偶尔想要安稳一段日子时，就找个小酒馆打打工，现在……不得已中断了工作。"

"出了什么事？"

许小满笑而不语，曲寒担心伤他的自尊心便没有多问，猜测他大概是工作发展不顺。

曲寒想起他出发地点和自己的一样，便问："你平时在北京住吗？"许小满摇头否认，曲寒由此确信，他的确是因为自己而来。大概觉得回答得不够有诚意，他继续说："我的住所是根据工作变动而变动，没有固定下来过，但有喜欢并且想要住下去的地方，那是我还在登山队的时候，在山下村庄住过一阵，位于吉隆县。"

"怎么会想要过这种居无定所、独自漂泊的生活？从前好像也没听你说过有这样的志向。"

许小满从她认真的目光中确认了她并非挖苦。沉默在喧杂中无所遁形，他提起一件往事："你还记得以前我们在西屋，翻看过的地理杂志吗？其中一篇游记我当时读得入了迷，至今印象极深，但……这不是我要过这种生活的理由，或者说这只是一颗种子，给了我另外一种生活的想象以及一种不可多得的选择，"他扫了一眼店内相聚吃饭的客人，继续说道，"像这样，和朋友家人一起相聚的日子，我也羡慕，可我不想再被捉弄，倒不如大胆些跟命运赌一把，说不定会有新的方向、新的勇气。"

“那你找到了吗？”

许小满苦笑了一下说：“至少我努力了，也曾短暂地拥有过。”

曲寒从他的话里猜测他似乎经历过什么糟糕的事情，才被推至如此境地。那么，他所经历的那件事和当初离开她，有什么关系吗？当曲寒权衡着是否还要问出这样的问题时，鳗鱼饭和蛋炒饭端上桌来，两人动筷。

许小满将一勺辣椒油浇到蛋炒饭上，感叹着好久没闻到这种味道，吃得一副满足模样。

旁边一桌是两个穿着校服的学生，他们刚刚吃完饭，其中一个学生拿出药盒，对朋友说自己扁桃体发炎，从药店买了点药，吃了这药过不了几天就会慢慢好起来。曲寒下意识地看去，似乎是在留意学生的药是否有问题，在确认药盒上的名字过后，才收回目光。随后学生吃完了药，便同朋友离开了。

“你们医生都会有这种小习惯吗？”

“你怎么知道我是医生？”

“刚刚在火车上打电话，你们说起院长，然后刚刚你又注意了别人的药。”

许小满向来是个敏感的人，注意到这样的细节也很自然。曲寒拿张纸巾擦擦嘴，又倒了一杯柠檬水，她开口问：“还有什么，你能从我身上看到的？”

“买票的时候有两个时间点可以选，一个凌晨一点到凌晨五点的硬座，一个十二点到凌晨六点的卧铺，你选择的是时间短并且到达时间早的一个，说明比起舒服的休息，你更着急想要找到那个叫致远的人。”

“显而易见，还有吗？”

“刚刚进门前，你看着外面的银杏落叶，短暂停留了一会儿，你也许喜欢秋天落叶的景色，但也可能是你想起了以前和什么人一起在这样的街道上走过。”

“嗯……还有吗？”

“进店里之后，你做的第一件事是整理桌面，我本想可能是你有了洁癖，但后来你又一样不落地扔掉水瓶、车票、纸巾，我猜，如果不是因为需要添衣物，你的行李箱也会被扔掉。”

“这能说明什么？该扔的东西当然要扔掉。”

“我不太清楚，也许是我夸大了这个细节，但我有种直觉是你好像……很沉重。”他有意地停顿并措辞，像是提醒，还希望足够委婉。曲寒喝了口柠檬水，味道过于寡淡了些，余味却逐渐酸涩。

“把所有的东西都丢掉，心里会舒服些吗？”

“也许吧，以前的你确实了解我，但现在你也只能凭这些细节臆断满足想象。”

许小满皱起了眉头，说道：“不是以前的我了解你，是我了解以前的你，我确实有足够的自信，不会记错以前的曲寒不喜欢吃鱼，最喜欢的是春天，喜欢熬夜讨厌睡觉，喜欢碳酸饮料讨厌白开水，喜欢热闹讨厌独自一人，喜欢红色黄昏胜过热烈的太阳，喜欢房间凌乱，现在却连张纸巾都要叠得整整齐齐。

“现在坐在我面前的是一个我所熟知的任何习惯都没留下的人，如今你看起来沉稳克制，似乎什么事情都可以独当一面，奇怪的是我并不感到陌生，这种感觉从我见到你就有，就像是那个有些天真、偏执的曲寒正在醒过来。不过，现在我大概知道为什么会有这种感觉了，因为你在怀疑自己，你一直在问自己那个问题：是从哪里开始出错了？”

曲寒听完，没有反驳一句，许小满的目光渐渐低垂下去，她清楚那是他在自责。

夜色渐深，店里的客人走了又来，曲寒起身穿好大衣说：“我出去抽根烟。”

曲寒出门，远远地看到几十米开外的店铺门口摆放着桌椅，走过去才发现那是一家门面狭小的烧烤店，门口的两套桌椅空无一人。曲寒落座后，店铺内的店员也没发现她，仍旧顾着看手机。

她的目光落在飘了一地的银杏叶上，香烟夹在食指和中指之间，并未点燃。

十七年前——只能说是那年的某一天，曲寒根本无法明确那是个什么日子，她只记得从那时开始，她整日都关紧门窗拉上窗帘，不让春日的阳光透进一丝一毫。宿舍里的同学厌烦了她对春天的敏感，大吵一架后，曲寒从学校宿舍里搬出来，住进了供大学毕业生们暂且落脚的两层筒子楼里。筒子楼里的每个房间都只有三平方米大小，没有窗户，隔音差，公共洗手间，租金三百。

由于筒子楼的走廊东头窗户被一棵高大的树遮挡，常年透不进光，因而住在那里的年轻人为筒子楼取了形象的别称“井楼”，住在井楼的大部分人，住上两三个月攒好租金就会搬走，曲寒却在那里住了两年之久，直到被分配到外地工作。

井楼正对着一条热闹的小吃街，人烟旺盛，吵吵嚷嚷。经过这条巷子时，总会看见那家门外摆着一排鱼缸的烤鱼店，几乎一到傍晚就会客满。

鱼那种生物，没了水就活不了，又没有手脚，看起来连用双手去抗争、用双脚去逃跑的资格都没有。它们群居在鱼缸里，但根本是无法交流的样子，和那时与世隔绝的曲寒倒有几分相似。

一天晚上，刚刚洗漱完的曲寒被房东阿姨叫到房间里，说有人打电话来找。

曲寒在衣服上擦干湿润的手，疑惑地拿起话筒接听，缓缓地吐出一个“喂”，话筒里传来了刘阿年的声音，他说，他是问了曲寒父亲才知道她搬出学校住了。他的声音听来有些疲惫，又说，他想了很久也没想明白，她为什么要对许小满说那样的话。

此时的刘阿年应该在上海上学，两人考上大学后就各奔南北，但时常联系，曲寒猜想应该前段时间寄给许小满的最后一封信着实刺痛了他，因此刘阿年受许小满之托，来给他们调解了。曲寒心生一种期待，嘴角泛起得逞的笑意。

“他跟你说了？那为什么不亲自来问我？”

“你不宁愿他死了吗？曲寒，你知道有些话是不能轻易说出口的。”

“这不关你的事。”

刘阿年发出轻蔑的笑：“你总能轻易伤害别人，我是来告诉你，他不会回来了。”

曲寒仿佛没听懂这话是什么意思，她问：“是他让你这么说的？那你跟他说，激将我是没用的，想让我再千里迢迢地去找他吗？这不可能……”

“曲寒，”刘阿年打断她说，“他不会回来了。”

曲寒攥紧了话筒问：“是他亲口说的吗？他真的决心这么做？”

“你说出那句话的时候早应该做好这个准备。”

“他真的决心这么做？”

“我们都长大了，我们都应该有自己的人生，他不可能永远为你活着。”

“他真的要决心这么做……”

刘阿年听到她忍住哭泣的声音，她悲伤的情绪顺着电话线裹缠到了刘阿年身上，他毫不留情地说："是，他真的要决心不再见你。这辈子，都不会再见你。"

她的呼吸有些颤抖，隔了许久，她冷淡的声音再次响起："可以，但他最好不要后悔。"

"你不明白吗，曲寒？他根本不欠我们任何人的，更算不上背叛，他只是做了他想做的事。"

"他想做的事就是远离我，不是吗？我知道你想说什么，这些年来他对我比谁都好，没人能替代他，但是然后呢？然后把我丢得远远的。我是为了他才来到春阳，第一年我找不到他，他莫名其妙寄来一封信让我等他，我等了两年、三年，他只会用一封又一封信把我当傻子一样耍。你不是不知道这些事儿，怎么现在理解他了？那你也跟我说说，你是怎么理解他的……为什么不说话了？没有理由是吗？那我告诉你他是怎么想的，他太了解我，他知道我会缠他一辈子，在他眼里我就是个包袱，让他感觉沉重、厌烦，但又没法跟我说，怕我会走极端报复他，他那么胆小的一个人怎么敢承担我这么大的风险呢？既不想闹掰又不想做那个坏人，所以一步步骗我，让我主动离开，他像他爸，都一样是尿包……"

"曲寒！"刘阿年怒声遏制道，"你都不肯成全他的决定，你算什么朋友！"

"我和他之间从来都不只是朋友！"

电话里是一阵沉默，长久的沉默里，曲寒只听到他那边呼啸的风声。

她挂断电话，擦干眼泪，走出房东阿姨的房间，穿过昏暗的走廊回到自己的房间。她躺在那张单人床上，突然间，失去了对未来所有的想象。

对明天、对下一秒没有任何想法，不知道该去向哪里该做些什么，不知道该有怎样的期待，如果跳过这一切都需要重建的未来，她能想到的只有死亡。紧接着是持续不断的焦虑和恐慌，她想紧紧抓住那正在快速流失的什么东西，可也是徒有双手，百般无奈。不知所措来回踱步的她真切地意识到，她失去了他。

此前她从未想象过失去一个许小满会是人生的结束，这听来是多让人耻笑的想法，但这想法足足折磨了她一整个春天，将她困缚在密不透风的黑暗里，无从解脱。因此，她曾经一度以为自己再也走不出这个房间，将死在这个春天里了。

直到知了发出第一声刺耳的鸣叫，唤醒了身体的饥饿和精神的困乏，她才从房间里走出来，来到那家烤鱼店吃下了一整条烤鱼。

大概就是自那之后，曲寒以往的习惯总在不知不觉中被丢掉，甚至有时她刻意与以往的习惯背向而行。那时她的身边没什么人，只有相识的几个同事，算不上了解她，自然也无法察觉那时的她正处在诸多矛盾之中。这个过程中，她克制自己的脾气，抹平尖锐的个性，适当地放弃表达，让自己尽可能地看起来善意、成熟和简单。

唯一能让她无暇顾及自身的事情就是投入地工作。没日没夜的工作让她得到分配到北京医院的机会，她的生活也自那之后在北京逐渐稳定下来。

几个月前，跌入更加黑暗的深渊的曲寒，想起那段年轻时疯狂工作的时光，于是在瑶瑶走后不久，她又投入到工作中去，然而过往的经验似乎失效，疯狂工作并没有让生活逐渐恢复秩序……郑献也是在那时决定离开的。

她和郑献两人第一次见面是在医院，作为医生和准备切除阑尾的病人相识，后来郑献提起初次见到曲寒时的印象：似乎向来一帆风顺的样子。这话没有任何贬义，他只是看到她自信利落地完成工作时的状态，而感到钦羡。也是在那时，曲寒突然发现，过去的那个孤僻天真、患得患失的曲寒似乎已经消失了。若从许小满的角度来看，或许过去的曲寒只是小心地躲藏起来了。

此时店员在柜台后伸懒腰，看见曲寒孤零零地坐着，便试着问道：“请问，您要点什么吗？”

曲寒回过神来，因为白占着座位而感到不好意思，于是向店员要了一瓶可乐。

在往回走的路上，曲寒又接到了郑献的来电，犹豫了片刻后她还是接通了电话，电话里传来不平稳的呼吸声，对方似乎正走在路上，他问："你在哪儿？林旭那孩子今天着急忙慌地找我，问你是不是出了什么事。"

"我在外面，他怎么突然担心起我了？"

"他说家里的玻璃破了一星期了，学校放假，他回家看到还没补上，担心你是不是出了什么事。"

曲寒这才反应过来，原来当时敲门的人是林旭，因为得不到回应，出于担心砸了两颗石子，发现还是没有回应，就拿了大一点的石头，没承想一下砸了个洞。大概是看到曲寒出现在玻璃前，他放心离去，放假回家后发现玻璃还没修补，便以为出了什么事。曲寒让郑献帮忙转告林旭让他不用担心，又想到说不定林旭知道些有关致远的事情，说："不用了，你把他电话给我，我自己跟他说。"

电话另一端的郑献顿了顿，问："你跟他说什么？"

"我想问他一些事。"

"是叫什么致远的事吧？今天赵老师也跟我提起来，我都说了瑶瑶没有叫这个名字的朋友，你怎么还抓着不放呢？"

"所以我不想跟你说，我问的是赵老师和林旭，跟你没关系。"

"跟瑶瑶有关的就跟我有关。我没法理解你，瑶瑶刚走的时候你不跟没事儿人一样吗？还每天上班工作，到晚上才回家，有时候晚上值班，一整天也不见人影，这都过去半年了，你刚刚反应过来了，是吗？”

曲寒感到可笑：“郑献你跟我一起生活也有十几年了吧，可我怎么觉得你一点儿也不了解我呢。”

“了解？”他一声短叹，问道，“你给过我机会了解吗？外人眼里咱俩老夫老妻，恩爱和谐，可你我都知道，我了解你的只是这些年来你生活中表现给我看的，我有多少次想了解你的过去都被你敷衍了事？你可能不记得，要不要我帮你数数？”

“我不想吵架，如果你想知道我为什么找这个人我可以告诉你，因为我在瑶瑶房间里发现了她自从那次志愿活动之后，每隔几个月就会给一个叫致远的人汇款，你不觉得奇怪吗？每笔钱的数目不算大，五千左右，但对瑶瑶一个学生来说也不是小数，所以我想知道这到底是怎么回事。”

“也许是给别人的捐款。”

“这是好事，你和我也不是不开明的人，这种事她没必要瞒着我们。”

“你现在在外地吧？如果找到了，你想怎么样？”

“我没有发现其他有蹊跷的地方，瑶瑶会这样每过段时间就给他打钱，至少是信任这个人的，我想知道他是个什么样的人，跟瑶瑶是什么关系，我也想知道我的女儿有哪些我不知道的事情，有哪些我不清楚的秘密……”

曲寒想起，在瑶瑶的房间发现汇款账单之后，由于想要了解更多信息，她先后查询了瑶瑶的通讯录和社交软件，都没找到有叫致远的人，而后她又打开了瑶瑶私密的网络空间，先是看见第一次汇款日期之前瑶瑶参加志愿活动的照片，曲寒猜测收款人和志愿活动有关，然后她继续下划，却看到那条仅个人可见的动态——我讨厌妈妈。

她坐在电脑面前，费了许久的时间去理解这短短五个字，不是不喜欢而是讨厌，没有解释，没有抱怨，似乎只是在发泄单纯的厌恶。看看日期，是多年前的6月13号，曲寒怎么也想不起来那个时间段发生了什么才会让女儿写下这句话。她开始断断续续地抽烟，原本再也激不起波澜的心开始在自我安慰和自我谴责中来回起伏，她无论如何也没想到，瑶瑶会说出当年自己对母亲说过的话。

在有了瑶瑶之后，曲寒记得自己曾下过决心，她过去的经历绝对不会让女儿再经历一遍。但她也知道有些时候，自己好像无论怎么努力也无法做到一个母亲应该做到的，所以只能在生活或学习上尽可能给到最好的。

曲寒不停地想着到底是从哪里开始出了问题，刘阿年打过来电话后，她感到必须要做些什么让自己冷静下来，于是简单收拾了行李，订了票，踏上这段旅程。

电话那端的郑献没再表示异议，他说："我知道了，你不是刚刚反应过来，你是还没走出来。”他似乎已停下了脚步，他说，“我现在在咱们楼下，你卧室窗户上确实有个洞，明天我叫人来换块玻璃。”

“钥匙我留了一把，放在门垫下面。”说话时，曲寒才发现许小满正站在不远处望过来，不知他听没听到什么。

“我知道……”郑献犹豫着，又开口说道，“我想问你一件事，我走那天，你为什么不挽留我？”

她的目光短暂地动荡，语气却依旧平静：“要离开我的人，我挽留也没用。”

郑献笑了：“没用，我心里清楚。我可能还是有些不甘心，我就怕这么多年来你没对我真心过。一开始，你对你的过去缄口不言，我以为你可能经历了什么不好的事不想提，可后来过了那么多年，我试探多少次，你还是敷衍了事，除此以外，你也不让我多问咱妈，就连你那个朋友刘阿年来，你也不肯让我跟他见上一面。我想不通为什么你对你的丈夫无法敞开心怀。”

“你今天怎么了？以前也不见有这么多话。”

“可能我有点，想家了，我现在就站在这儿望着咱们家……”曲寒抬眼望向漆黑一片、空荡荡的夜空，它像誓要吞噬宇宙的黑洞一样凝望着自己。他说：“不管你承不承认，我所有疑问的答案只有一个，你好像没那么需要我。”

电话挂断的声音像一根无形的线，从曲寒紧紧抓着手机的手里流失，眼前被风卷走的银杏落叶，一时乱了阵脚。

许小满朝她走来，询问道："你还好吗？"

曲寒没有回答，也没有直视他的目光，进了饭馆将行李箱拉出来，推门出来的时候行李箱撞到了玻璃门上，引人侧目。随后她头也不回地往火车站方向走去，大概是走得太快，行李箱滚轮卡进了水沟盖板的格栅里。许小满紧步跟来伸手帮忙，曲寒却推开他："我请你不要总是一副别人少不了你的样子，你真觉得我还会像以前一样依赖你吗？我们都不是小孩，总用以前的那一套，太刻意。"

许小满反应了一会儿，才察觉她话里的意思，问道："你觉得我对你有其他目的？"

"你跟我和刘阿年已经二十年没见，他一联系，你就从外地跑来找我还假装跟我偶遇，刘阿年信你，我可不信，毕竟我被你骗了也不是一次两次。"

"过去我是骗了你，但现在我不会再那么做，我所说的每一句话都是真的。你心情不好，大可以像以前一样朝我发泄……"

"别再自以为是地装作了解我，你知道我这些年来经历了什么？你看得到我的变化，但你真的知道我变成了什么样的人？以前再辛苦、再难过的时候我都能挺过来，我甚至觉得没有哪些难过的坎儿比得上你当年……你以为我不想面对现实过正常人的生活吗？可是把我带进深渊的现实，我面对它就能解脱吗？"

曲寒踢了一脚轮轴，顺势将轮子拔出来。她深吸了一口气，将眼前的头发顺到脑后，脸上出现细微的变化，随着眉心的舒展，目光渐趋冰冷，她说："难道只有我在问自己从哪里开始出错了吗？如果你没有考虑过这个问题，又怎么会想要转换方向改变自己失败的人生？几十岁的人了，活成这副惨淡模样，还有心思来指摘别人，你人生的价值未免也太不值一提。"

她的背影穿过银杏林道往火车站方向而去，他愣在原地一会儿，随后脚步缓慢地远远跟在后面。进了火车站，她坐在长椅上闭上了眼睛，不知是在平复心情还是在休息，许小满则在不远处的座位上坐下来，火车站内的灯光线暗淡，在深夜里发出嘶嘶电流的声音，像是头脑中那根不安跳跃的思绪。

院墙外的一排榆树上，知了不知疲倦的嘶鸣，逐渐驱散了许小满残留的睡意，他躺在凉席上，盖着一张又薄又旧的毯子。此时父亲穿好半袖衬衫，正打算出门，许小满从床上坐起来，叫了声爸，许桂中回头应了一声，多瞥了一眼许小满脸上抹了药膏的伤，嘱咐道："别乱跑出去打架，老实待在家里做作业，我去趟报社就回来。"他卷起自己的稿子，走之前站在门口又说了句，"吃完饭，再抹一遍药膏。"说完便离开了。

许小满枕边是一支消炎药膏，下床掀开饭桌上的锅盖，底下是一碗黄澄澄的鸡蛋羹。许小满笑了起来，笑起来时，受伤的那一半脸被牵得疼，他捂着那被皮包男人打伤的脸，跑到院子门口，朝走向胡同外的父亲喊道："爸，今天拿了稿费买点菜，我做饭。"

许桂中回头答应道："嗯，知道了。"他一边走一边想：家里只剩下一些大米，最后一颗鸡蛋给小满做了蛋羹，也要再买点鸡蛋，大姐这个月还没来一次，可能工作太忙，家里的饭菜都得自己张罗。小满个子又长高了一点儿，但比起其他男孩来，长得还是慢，看来要买点补营养的。这次稿子写了很久，上次高老师说要变一下风格，现在写的诗歌还是太小众，没人看，我总想稿子质量过不过关，跟风格没关系，只要是好的总会有读者欣赏，但我还是折中了一下，想必高老师没有理由不收。唉，要是撑到冬天就好了，长暮河的水总还是要有人运。

许桂中一路闲想着走到了一家文艺报社门口，他径直来到编辑的办公室，将稿子递给了高老师。高老师是许桂中认识了很久的编辑，两人关系不错，许桂中一有稿子就先拿来给他看，高老师的回馈也大方，比其他人给的稿酬总会高几块钱。但这回见许桂中来，高老师有些心事重重，他没有看稿子，而是请许桂中到沙发上喝茶，边喝边说："我有件事还没来得及告诉你，报社决定将报纸改版，撤掉了你的诗歌专栏，换成了幽默故事，你送来的这首我们是用不上了。问题不复杂，只是对你有些不好意思，要不我帮你问问外地的报社，看他们是否需要你的诗歌？不过，还有一条路你可以试试，幽默故事你会写吗？”

许桂中从报社出来，手里握着那份谁都没看的稿子。报社墙厚阴凉，许桂中从里面出来，身上还在哆嗦。他在日头正盛的大中午往回走，阵阵热风卷起砂砾尘土。许桂中被热烈的太阳刺得眯缝起双眼，走得久了头脑有些发沉，衬衫被汗湿透了，贴在背脊上，走到通向老城区的路口，嘴巴也有些发渴，他想着要不要去大姐家喝口水，但看了看手里的稿子便又放弃了念头。他顺着老城区的大路一直走，走到菜市场的时候想起许小满在门口叮嘱的话。

简单搭建起来的菜市场是个乘凉的好去处，他在一排排小摊贩前转来转去，茄子、西红柿、豆角、蒜薹……当季的蔬菜应有尽有，他做菜水平勉勉强强，但豆角凉面是许小满最喜欢吃的。盛夏的阳光穿透棚顶，许桂中站在一块光斑下像待在蒸炉里一般闷热，空气紧密干燥，每一口呼吸都像要耗尽身体里的水分，许桂中摘下眼镜放在胸前的口袋里，舔了下嘴边又咸又苦的汗，走向那一摞青翠的豆角……

临近傍晚，从菜市场回家的居民四处传言许桂中被抓，许小满听闻后一路跑进派出所。

许桂中垂着脑袋蹲在角落，手臂上是被抓花的伤痕，脚边是撕碎又叠起来的稿子。旁边有一位穿花汗衫的大妈，她头发凌乱，言行夸张，正在向民警大叔指责许桂中光天化日之下盗窃的罪行，时不时还用食指戳一戳许桂中像气球一样的脑袋。

听见许小满的声音，许桂中的脑袋动了动，却依旧没能抬起来。

那天的事件在民警调解下得以解决。从派出所出来之后，许小满怀抱着捡起来的稿纸远远地跟在许桂中的身后，看着他弯下去的背脊，并不知道他在想些什么。之后的很多年里，许小满一直在后悔，想这一天自己是不是不应该到派出所来。

两天后的早晨，许小满醒来时已过半晌，房间内寂静得如同多年来未曾有人踏足过。他看到桌上平铺着那首《雪山》的稿子，家里最后一点儿零钱放在饭桌上，除此以外几乎看不出变动的痕迹。他像往常一样做了点饭填饱肚子，然后趴在书桌上学习，到了傍晚又把上顿剩下的饭菜吃了，曲寒跑来找他的时候，许小满也像往常一样出门玩乐。只不过，从那天开始，等待熔铸成他身体的骨骼，并耗尽了他近乎一生的时间。

5

火车穿过迟迟不散的混沌雾气，呼啸着抵达青色潮湿的饶城。此前曲寒听说过饶城的名声，虽近年来仍被划分为四线城市，但旅游业在国内已相当成熟。这点从通向出站口的地下通道里，每隔五米一块景点广告牌的设置上可见一斑。出站的人群中，许小满一手拖着行李箱，一手抱着那只白色小猫，目不暇接地看着广告牌上的宣传语，似乎颇为惊讶。

真是和以前一样没出息，没脾气，说再难听的话还是赶不走他。曲寒想罢，回头催促了他一声，现在要换乘的那班列车只剩半个小时的检票时间了。曲寒走到车站入站口时，突然发现身后许小满不见了，清晨的火车站外的人并不多，但曲寒扫了一眼根本没见他的身影。

该不会是对我的话怀恨在心，拿着行李箱跑了？曲寒目光搜寻着，四五分钟后，终于在出站方向的台阶下发现了正在修行李箱车轮的许小满。曲寒怨怪道："你跑去那里干什么？"

许小满一脸抱歉地说："走错了路，又不小心没扶稳，把行李箱给摔了下来，轮子彻底搞坏了……"

时间已然十分紧张，许小满提着坏了一只轮子的箱子一路快步和曲寒进站检票，眼看还有希望，许小满却又在下楼梯的时候再次搞错车次方向，导致两人飞奔到月台上的时候，只能眼睁睁地看着火车从眼前开走。

曲寒冷着一张脸返回车站售票窗口，询问是否还有下个车次的余票，售票员回答："只有下午五点和晚上十点那两个车次了。"

"唉，真是不凑巧。"许小满惋惜地说道。曲寒不由得奇怪，好像这一出折腾是他的恶作剧。似乎注意到了曲寒的怀疑，许小满又舰着笑脸说："要不先去找个地方休息一下，一整夜没睡，现在肯定困了吧？"

曲寒丝毫不予理会，而是打出租车来到汽车站。好在他们终于顺利坐上了大巴。

窗外，雾气爬上车玻璃，也一同悄然来到饶城，将那冷冷淡淡的日光稀释得看不清形状。许小满扭头看了眼身旁不知什么时候睡过去的曲寒，给她将头顶的暖风打开，此时，空无一物的玻璃窗上映着他的目光，像是在和谁对视。

秋风一扫，院子里的落叶顷刻间被卷到了台阶下，熟透的梨子砸落到树下刘阿年的脑袋上，刘阿年惊叫了一声“哎呀”，曲寒急忙捂住了他的嘴，生怕西屋的人发现他们俩在窥视。

这时西屋的门开了，姑姑和许小满两人像拔河一样扯一个打包好的行李，姑姑往外拉，许小满往里拽。

“小满你听话，跟姑姑回家！”

“姑姑我不走，我要在这里等我爸回来！”

十三岁的许小满，力气已经让姑姑十分吃力，他抓住门框死不松手，拔河比赛对峙了几秒，姑姑就败下阵来。

“我跟你说了，你爸丢下一通电话让我照顾你，他说什么去找灵感之类的屁话你也信？我都不知道他跑去哪儿了，你又怎么知道他什么时候回来？你跟姑姑走，回家跟你弟弟妹妹一起上学一起吃饭，我也能放心。”

姑姑说着又要拉许小满往外走，许小满后退到屋子里。

“姑姑，我能照顾我自己，我会自己上学，会自己做饭，你看今天的炉子我自己生的火，被子我自己叠起来的，衣服也是我洗的，破洞的地方是我自己缝补的。您不是担心我不会做饭吗？您看，这里有米。”

说着许小满从一挖就见底的米缸里挖出半碗米，倒上水，用小拇指往水里一戳。

“看，多少米放多少水，我都清楚！”

许小满在屋子里跑来跑去找出各种他能够独立生活的证据，

门外的曲寒和刘阿年怔怔地望着。姑姑眼睛有些发红，低声骂了一句："没良心的许桂中！"

"姑姑，您就让我留下来吧，万一我爸寄信回来，没人收，万一我爸回家来，没人做饭，他指不定又要离家出走。您就听我这一次。我有什么困难，一定不瞒着您。"

那天姑姑去集市上买了米和菜，又留下了零用钱，告诉许小满，钱不够再去找她要。

姑姑还拎着一兜水果找到家里正在忙做鞋样子的外婆，如果不是手里在忙着活计，外婆恐怕会被认为是一尊雕像，而姑姑则像是来请愿的。姑姑请求外婆，一旦发现许小满有发热感冒的迹象就打电话给她，然后姑姑拿出一沓钱要给西屋续租，外婆把针线筐子往前一推，俨然打麻将扔出去一张牌胡了的气势。姑姑把钱和写着电话号码的纸条放进了筐子里，又央告着嘱托了几遍才走。

独占了一整个西屋的许小满，在刘阿年眼里成了了不起的人物，他总是羡慕地说："如果我也像你一样没人管，那该多好。"他问许小满，"晚上一个人睡觉关不关灯？关灯后怕不怕？可不可以在地上睡？吃完饭还刷不刷碗？早晨赖床到几点？"

就像是开始了新生活一样，刘阿年对此种冒险有诸多好奇，常在父母睡着之后偷偷抱着枕头钻进许小满的西屋，往往还碰上从堂屋蹑手蹑脚摸黑出来的曲寒。他们两人霸占了许小满的双人床，那是他们的专属领域。

自此，三人也多了许多夜谈时刻，争论得面红耳赤、不眠不休的时候也常有之，争论的主题往往是小卖部里哪种糖最好吃、学校里谁和谁谈恋爱了、一年级的某个学生是不是因为老爸是校长才得了奖、街上的哪家牛肉面馆味道最正等鸡毛蒜皮的小事。

刘阿年依旧会给他们带来很多新鲜东西：香港明星的CD、各类杂志、最新的武打电影光碟……因为害怕被刘爸爸发现，他将所有偷偷买来的东西几乎都藏进了西屋，西屋也渐渐成了他们每周玩乐的根据地。

他们玩起了一个叫作“交换人生”的游戏，名字是刘阿年随口取的，游戏的玩法就是三人互相交换身份去体验对方的生活。但这个游戏是怎么产生的，由谁来制定规则，已经在后来的交换之中产生了混淆，制定者是明确的某个人还是扮演某个人的人，连他们自己也说不准了。

于是，在此后的断断续续、零零散散的一段时间里，曲寒成为刘阿年，许小满成为曲寒，刘阿年成为许小满。

那些大人从来都没有发现过他们这个秘密游戏，当曲寒出现在刘家父母面前时，他们还当她是来等刘阿年回家做作业的，并不将她放在眼里，做什么、说什么都不避讳。曲寒照刘阿年的样子拉起小提琴来，她没学过自然不会拉，但还是打算看书学学音乐基础。刘妈妈走来问曲寒：“小寒，你会拉小提琴？”曲寒回道："我不会，但是我想学学看。"刘妈妈听罢先是扑哧一声，然后又放声笑起来说："这可不是学织毛衣，这可是小提琴！"在她慷慨又无限的温柔里，曲寒第一次发现刘阿年身上那种友善的轻蔑的来源，区别在于两人的程度不同。

当许小满出现在曲寒外婆面前的时候，外婆也全然没有发现他们交换身份的秘密，或许她连跟前的人换了一个都不知道。许小满帮外婆缠毛线，认针眼，提水做饭之后，安静地坐在外婆的身旁，看着外婆手里的针线不停地上下翻动。他小心地盯了许久，在外婆停下的间歇里，靠近了外婆，将头缓缓地放到她的腿上，闭上了眼睛。外婆的疑虑与错愕还未消散，就已不由自主地将自己皱皱巴巴的手轻轻落在了他的头上。

每当这个游戏开启时，刘阿年总是那个最兴奋的人，他期待在西屋里玩游戏机，听CD，看杂志，玩累了就睡一觉。不过也有不方便的时候，他总也学不会烧柴火，因此口渴时连口热水都喝不上，更别提吃饭了。听见街上叫卖玉米的，他拿着钱准备去买，可想想又退回了西屋：他现在是许小满，许小满是不做这样的事的。因而他退回到了许小满的世界里，像许小满一样整理家务（倒也没什么可整理的，东西少得可怜）。他站在屋子的中央，饿意化作一团团光斑幽幽地浮在昏暗的窗前，后来他发现那是堂屋的灯光。他渐渐感受到一种让人一直想睡下去的倦意，一种超然物外的虚空，记忆的呢喃以及所有可以称之为寂静的东西。刘阿年对自己的超能力深信不疑，他静下心来听那些只有他能听到的种种私语，想要辨别它们在诉说什么、来源于何处、又因何而生。最终，他眼角湿润，逃离了那间房子，心中暗道：好险！

那里有超越他年龄和感知的东西，他借此大胆窥伺到未来的一片斑驳，并隐约推测，当对方的力量无比巨大、远远超越自身承受力的时候，他自己也会获得超越时间的力量，但令刘阿年费解的是，这样的道理为什么会因许小满而悟得？

他们约定，游戏一旦开始就要坚持到最后，谁先中止游戏，谁就要从长暮河流经的高地土坡上跳水。是许小满最先露出了破绽，临近傍晚时被外婆赶回家。后来的游戏，刘阿年和曲寒也不时因被大人们叫回家而中断。

于是三人来到长暮河那段离水面接近十米高度的坡地上，夏天偶尔有大胆水性好的人从这里跳水。三人朝水面张望许久，幽暗的河面望不见底，泛黄的野草和不停息的风，让许小满有些发怵，他在岸边徘徊许久。头顶的太阳从正上方掉到西半边，有那么几次，许小满的一只脚都悬空了，却还是退了回来。

“你们说，宇航员飘浮在太空中的感受是不是像在水里游？”许小满问。

刘阿年思索道：“比起从低处入水，从高处跳水是往上游的过程，确实更接近在太空飘浮的状态。决定好了吗？按游戏规则，你可是要第一个跳下去的。”

“现在的天气有些冷，不知道水里冷不冷。”

“长暮河可是不冻河。”曲寒说道。

“也许吧，太阳快落山了，不知道水下视线好不好。”

“用力往上游就是了，总会看见光的。”

“也是，人都在水里了，没有不游的道理。”

“那你还犹豫什么？”

“我在想，如果今天错过这种体验，只有死后到天上再去体验真正的太空飘浮了。”

“那到时候，可就没人分享你的感受了。”

“没关系，总有一天我也会动身，但不是现在。”

曲寒听得糊涂，还想说什么的时候遭到刘阿年的劝阻，他说不要勉强许小满。

那天，曲寒和刘阿年两人站到岸边各自深吸一口气，捏住了鼻子，一头扎进水面，两人跃进水面的姿态像鱼归水一样自然漂亮。他们任由身体悬浮在水中，睁眼观望着水底的世界，曲寒隐约看到刘阿年脸上惊异又恐惧的神色，他在岸上的无畏沉着已然消失无踪。

水下浑浊一片，不远处似乎有一道模糊不清的黑影悬浮着，曲寒努力凝视辨别，却无论如何也看不清对面是个什么东西，似乎他们中间隔着的不是水而是其他透明的介质。在曲寒留恋着周身世界任身体漂浮在水中的时候，刘阿年已经在往上游了。只是水下的世界实在无聊得很，除了不远处游动的鱼的影子，再也没有其他好玩的，她想游去和鱼打声招呼，但稍微一动那鱼便跑得没了踪影。

再回头看刘阿年的时候，他已经游出了水面，曲寒有些败兴。此时一股莫名力量从水下迫近，推着她往上游，低头看却只有黑乎乎的水底。曲寒顿时紧张起来，就这么不明不白地凭着那股力量往上游去。

抬头见水面光亮处，许小满小小的身影寂静又落寞地望着，她的手伸向他，透明的指蹼从她指间张开，新生鲜嫩的毛细血管隐约可见，坚硬的鳞片从手腕处生出，剥落原本光滑的皮肤。曲寒惊愕地看着身体的变化，惊恐地吸入了一口水，与此同时，突如其来的窒息感将她死死裹住……

大巴车驶出一条隧道，突然一阵急促的喘息声从车内传来，曲寒从透明指蹼的噩梦中惊醒。

一个面色苍白的中年男人从自己的座位上跌落，并伴随着急促不断的气急喘息、呼吸困难。旁边的一个女人看起来像是他的妻子，一边哭喊着男人的名字，一边给男人解开领口。曲寒挤过围观人群看见男人的症状，问："急性哮喘？"

女人点头，曲寒扫了一眼人群，发现有人正在吸烟。曲寒上前从那人手中夺过烟头捻灭扔进垃圾桶。

“所有人都散开，打开窗户通风。”曲寒说罢，接过患者妻子手中的气雾剂，按压让患者吸入气雾剂，又在许小满和其他乘客的帮助下，将男人扶起来。“来，抱着腰包往前倾，慢慢来，不要急。”患者依照曲寒的要求抱着包跪坐到窗边，有节奏地吸着气雾剂。曲寒沉着地对他妻子说：“让师傅前面停车。”

高速公路出站口有一个急救中心，远远地看见门口停着一辆救护车，在患者妻子和曲寒把男人扶下车的时候，许小满在后面拎上双方的行李箱，紧跟了上去。

急救中心并没有配备医护人员，但好在有氧气罐。在救护车向最近的县城医院疾驰而去的路上，曲寒开始着手给患者吸氧，到了医院的时候患者症状已有了缓解。患者妻子匆匆道了一句感谢，便送丈夫进了急救室。

曲寒和许小满出了医院后才有时间思考他们被滞留在饶城边界上的某个县城这件事。她正想着应该打车去客运站的时候，许小满似乎被医院外面广告栏上一则海报吸引了。走近看时，发现是当地一个名叫“寰原山”的旅游胜地，细看的话这处旅游地不只有登山景点，还被开发成拥有温泉、茶园、游乐场等场所的旅游景观。

“想不到这儿的旅游产业这么成熟。”曲寒说道。

许小满指着海报上寰原山的一处山头说：“现在枫林正盛，我们去这里吧。”

曲寒刚要冷淡地回复没有时间浪费时，却发现他话里的另一层意思，问："你来过这？"

许小满出神地望着远方，顺着他的目光，曲寒看见了远处蒙蒙雾中的一个山头，泛着云霞似的一片红，她想起许小满说过自己曾在景区招揽游客，便猜测也许他曾经在这里工作过。若是碰上他熟悉的地方，断然拒绝他前往，也许他再也没机会来回顾一番，曲寒心软便拦了出租车同他前去。

此时寰原山上秋意正浓，一路上尽是红黄相间的枫叶，自幽深处传来的鸟鸣，连空气都变得澄澈清明起来，曲寒的心绪也渐渐平缓。反倒是在接近山脚下的时候，嘈杂声越发热烈，曲寒和许小满下了车，看到从山脚下的收费亭到蜿蜒而上的山路上，游客络绎不绝，导游拿着喇叭引人前往景点，人声喧嚷，格外吵闹。

许小满拎着行李箱来到收费亭，打听道："请问您认不认识一个叫大豪哥的导游？"

"大豪哥？"保安像看怪人一样看着他。

许小满意识到说错了名字，又纠正道："我糊涂了，以前他总让我叫他大豪哥，差点忘了他原名，对，他原名叫马豪。"保安刚想回话的时候，收费亭里的阿姨开门出来，不可思议地细细打量着，问道："你是许小满？"

说是阿姨，也只是相较于许小满年轻的面孔而言，实际上比起曲寒和许小满两人，对方不过大了八岁，许小满称她为吕姐时，旁边的保安再次凝眉看了他一眼。

多年前，吕姐在寰原山景区下开了间小饭店，如今饭店交给大儿子去经营，小儿子在马豪的公司上班，自己闲来无事就在景区做起了售票员。简单聊了两句之后，她兴奋地拍着许小满的手说："我去找马总，他见到你一定会很惊讶！"

在等马豪来的时候，曲寒和许小满走上山道，来到一处平台前休息，从这里望去，可以看到一片白灰色相间的建筑坐落于远处河畔，像是一群鸽子停落。再远处，游乐园里的一座摩天轮，如扁舟行驶在海上一般坐落在起伏的山间，突兀又任性，倒像是个执拗的孩子非要在自己的乐高世界里硬拼上去的。

时值正午，布谷鸟起落于浅溪之上，风声裹挟枫叶阵阵暗涌，于此之中，杂草相互摩擦的窸窣自远至近，曲寒耳后一阵瘙痒，难耐得很，让她忍不住抓挠几番。

"看，那边是百米瀑峡，那边是桃水潭，更高处的那棵百年枫树是每年中秋月圆时大家最喜欢的许愿景点。没想到这里竟然没什么变化，看来当地人都用心维护着。"许小满望着远处风光欢喜地说道。

可在曲寒看来，眼前只是常见景色，她问他："你在外那么多年，应该见过比这更美的地方，至于这么激动？"

"你不知道，无人之境的雪巅、荒漠自然极其壮美，可一回来，到底还是这太阳底下声声鼎沸来得舒服。有这一切，我就知道这个世界还没有走远。”

“嗯，倒是个死去的好地方。”听着许小满的描述，曲寒再次将目光投向寰原山上的风光，却半分他的感受都没有，只吐出了这么一句话。许小满一时安静下来，曲寒察觉自己扫了兴，便问他以前是怎么来到这里的。

许小满听到这个问题，似乎有很多话要讲。

当年饶城政府打算开发当地的旅游资源，在政策推动下，寰原山逐渐在周边城市小有名气。这倒也不难理解，从文化上来说，它庙宇罗布，香火旺盛；从风景上来看，这里山水相连，枫林或瀑峡各有千秋。

不只许小满听闻名声而来此地寻一份工作，比许小满大不了几岁长相却相当老成的马豪也凑巧来此工作。要说经验，他着实没有，但马豪戴上一顶红色导游帽，便游刃有余地干起导游的营生，耍起嘴皮子来像山上的布谷鸟一样聒噪却好听。

当年的马豪白背心搭配卡其色短裤，脚踩一双不跟脚的皮鞋，有时为了看起来正经一些，他会再套上一个肥大且旧得泛灰的黑色垫肩西服，这一身搭配，让他像极了在游乐园门口发传单的小丑。

他并不在意别人的眼光，反而说越怪越有人看，越怪生意越好。这倒没错，每当他出现在山脚下和火车出站口揽客的时候，路人总会被他吸引，尤其在他喊出那句嘹亮的宣传口号“饶城山水美，美在寰原山。山下不歇脚，山上不服老”时，路人常驻足观看，他不伦不类，也扬扬得意。

那年春夏之交，许小满在马豪租住的农家院的仓房里暂时落脚。凌晨四点左右，他听闻院中有动静，趴在窗户口往外看，正见马豪穿着自己的破洞大背心蹲在门口刷牙。大概因为干的是与人打交道的工作，马豪很注重牙齿的洁白，每次刷牙哪怕是用黄豆大小的牙膏也要刷上十几分钟，刷起牙来像是磨刀，牙刷飞了毛才想起来换，这就是他所谓的物尽其用。洗漱完毕后，他便开始准备手写的宣传单，然后跑去大小车站、饭馆等处张贴。

旅游业开发初期，寰原山旅游线路还不健全，大多数人只知道一条铺就石阶的登山线路，而马豪因为起早，经常看见山脚下的居民上山采蜜，便想着也许可以开发蜂蜜商机，待他跟着村民走野径上了山，还发现了山里竟有许多难得一见的景观：石峡、飞瀑、幽潭……后来政府根据他提供的路线开发了栈道，它们如今都成了寰原山上值得一看的景点。

政府的大举开发和宣传，间接地让马豪的名声不胫而走，使他成了寰原山一带最靠谱的导游。循着名声找他的游客越来越多，马豪的生意逐渐忙碌起来。他不放过任何一个客人，答应专人导游、全程服务，却又偷偷接了其他游客，送游客甲到半山腰，又跑下山接游客乙。若是回来晚了，便从包里拿出几瓶饮料，说给客人去买水了以求谅解。这么一来，他从早到晚来回爬山十余次，有时不仅接待客人解说景点，还要给人背包、看孩子，甚至帮人捶腿。一面大肆忽悠着，一面又带着几分真诚，有时狡猾得八面玲珑，有时又像山脚下那块碑石一样又硬又钝。该说他聪明还是说他笨，一时间也无法定论。

日子一长，马豪也难以兼顾，便招揽山下那些干散活的导游小弟，逐渐发展成有人揽客、有人导游的模式，按不同劳动将获利分成。

初次在山脚下见到许小满，马豪还不知道他就是住在仓房里的那个男孩，因为马豪总是起得早回得晚，两人还没有正式碰面的机会。注意到许小满后的接连几天，马豪都见他毫无所获，揽不到一个客人，但这情况似乎并不使他灰心，好像工作对他来说是可有可无的。后来马豪说起，那时的许小满灰蒙蒙的，像是从烟灰里刚刚刨出来，他甚至怀疑许小满连张嘴说话都不会，仿佛灵魂游离四方，身体是被谁推着走的，根本不是干导游的料。

某天马豪穿着拖鞋，蹲在吕姐的饭店门口吃面的时候，许小满一声不吭地站在了他眼前。马豪夸张地挑着眉毛，一只眼睛吊起来，企图吓走这个小乞丐，他估计许小满走投无路，打算投奔他。马豪站起来比许小满高出一头，气势汹汹地说道："看什么，又不是我抢走了你的游客。"许小满盯着他，并没被吓住，而是指着在吕姐店里吃面的一个导游说："你的人，偷偷揽客，还强迫客人去买东西。"马豪一听，冲进店里逮住小弟，好一顿教训，又回头看了许小满一眼，这小鬼，倒也没那么笨嘛。

此后，马豪让许小满跟着他干活，叫他大豪哥。每天中午的面分许小满一半，牙膏分他一粒，给他看自己妻儿的照片，聊起儿子时，马豪脸上会出现一种孩子般的幸福天真。

后来山脚下出现了一家规整的旅行社，旅行社的导游们是两排整齐列队的年轻女孩，她们穿着整齐划一的衣服，露出整齐划一的笑容，挥着手里的鲜红小旗帜，从山下的员工宿舍坐着大巴车前往车站接待客人。

马豪鼓励大家不要动摇，却防不住和旅行社争抢客人的事情出现，最后弄得名声渐落。他眼睁睁地看着旅行社这股洪流把自己的队伍冲得稀里哗啦，却毫无办法。他组织起来的导游队伍有十来人，最后只剩下许小满不肯离去坚守阵地。马豪站在山上的石梯上把拖鞋底在脚下折来折去，等着许小满从车站揽来客人，后来没办法，他自己也跑去车站重新卖力喊起口号。那段时间，前期投入的钱捞不回本，新来的游客不信他，无论怎么卖力都回天乏术。

可越是这样，马豪越反抗得起劲，想方设法折腾自己，常在毫无收获的一天结束之后拉着许小满爬上山顶，再喝上一阵小酒。体内的血液从头到脚都暖和起来后，他趁着心中热火未消，一边喝酒一边拿出地图在上面圈圈点点，圈出那些熟知的或小众的旅游景点，准备接下来去找些活计，时而想起山下那个旅行社，就直抒胸臆起来："谁他妈愿意在这破饶城抢这狗屎大点儿的地盘！"马豪身上似乎有股强劲的生命活力，他从不停下来犹豫。许小满思索着自己所欠缺的这种活力的来源，家人、生存欲望、不甘卑微的理想，想要活得幸福些，也许就要具备这几个要素。想到这里，许小满朝他投去了羡慕的目光。

"许小满，你有没有什么想去的地方？"马豪专注在地图上，头也不抬地问他。许小满想了想，摇摇头。在此之前，他一直漫无目的地走下去，就像他一路从东北到饶城就是没有方向、没有计划的一次行程，因为他实在不知道该往哪里去。他深切地知道，除了依附于马豪这类目标明确的人，再没有什么人能让自己找到一个目标，这绝不是说没有人值得，而是一种近乎绝望的不被允许的感觉。

马豪在地图上画从饶城出发到目的地景点的各种路线时，许小满望向山林间，月辉皎皎，山林披银，他突然间想通了什么，脑中的一个想法渐渐清晰，并在眼前呈现出一个大致的轮廓。

马豪没听到回应，这才抬起头又问一遍："我刚才问，你有想去的地方吗？"

林间的台阶下走上来一个男人，打断了许小满的回忆。是刚才那名保安，他传话说："吕姐说马总不在办公室，她开车带你们去找马总。"在开车经过各个景点的时候，吕姐扮演了导游的角色，不停地跟他们讲着寰原山的变化。他们穿过温泉酒店，新开辟的高尔夫球场地，还有那片在山上看到的灰白色建筑，吕姐说这是饶城最大的一片山景别墅群。不久，车子停在一家幽静的山林会所门口。

吕姐带他们进入会所时，正看见马豪送别贵客。一开始许小满没有认出马豪来。被围在那些西装革履的下属和商人中间的马豪，穿着一件质感舒适，纹理细致，不消细细打量便知材质高级的大衣。不知道是不是穿这类衣服穿久了，他的皮肤也和衣服的材质越看越接近，使人想到那张脸时就会想起他那身材质高级的衣服。

"马总，您看谁来了。"吕姐趁着送走贵客的空隙插上话。

马豪看见了许小满，一时间双方怔怔地对望着，没有曲寒想象中热情的反应。许小满尝试打破平静，要喊出大豪哥的时候，马豪不可置信地走来，从头到脚地打量许小满，话没说出口就拍了拍许小满的肩膀。

"真的是你，许小满，你怎么一点没变！"

"大豪哥，你倒是变化很大。"

马豪听后爽朗大笑起来，简单认识了曲寒之后，他不停地问许小满这么多年去了哪里，做了什么，看似寒暄的话语在他说来，并无分毫居高临下的意思，马豪吩咐秘书去安排用餐餐厅，并取消下午的会议。许小满却说："我想念吕姐的手艺了。"吕姐自然欢喜，马豪也不好有意见，听任了许小满的请求。

一行几人来到"吕家小厨"饭馆，此时还不到吃饭的时间，店内只有三桌歇脚的游客。下午的阳光从贴着红色大字帖的玻璃窗口射到餐桌上，三人在饭馆角落的一张中式餐桌前落座。吕姐和服务员陆续端上整整一桌菜：火腿炖甲鱼、黄山炖鸽、清蒸石鸡、腌鲜鳜鱼、虎皮毛豆腐……

"以前在这里吃得最多的就是虎皮毛豆腐，浇上酸辣卤汁，闭上眼睛权当吃肉。"许小满边回忆边往嘴里塞了一口毛豆腐，又说，"吕姐的饭店比从前整洁宽敞很多呢。"

吕姐也坐下，为众人斟满了酒说："我这小店要是没马总的扶持，早关门了。"她夸赞起马豪如今种种成就，打心底为他高兴。许小满对马豪这一路白手起家的经历好奇起来，追问他是怎么做到的，马豪笑笑，只好大概讲讲：

"这么多年，我一直不否认今天得来的这一切，很大一部分原因是自己运气好。当初还完家里的债，手里还有几千块钱，我跑到了深圳把本钱赔了个精光，又跑到广州打工，在一个快倒闭的建筑开发公司工作，公司倒闭的时候，老板跟员工一起开大会，问谁敢接这个烂摊子，没人说话，我举手了。就这么着，我背着一身债务东奔西跑，借贷投资，走投无路的时候赶上政府改造旧城，这本来是不赚钱的项目，我硬着头皮接下来，但没想到公司就靠这个活过来了……”说起过去二十余年的发家史，马豪感慨自己几经沉浮，睡过桥洞，也手握过上亿合同。讲到自己被追债的人堵进垃圾场，靠着嘴皮子逃过一劫的事，吕姐和许小满都被逗笑。他后来的投资开发，有失败有成功，渐渐地，把房地产业务稳固下来，八年前，他离婚娶了个经济学博士，跟她回到饶城一起把产业扩大。第二次离婚时，双方仍保持利益绑定，而前两年新娶的年轻嫂子则不会分到一分钱。马豪讲到五个子女的时候，看起来有些倦怠，不知道是因为说了太多话而倦怠，还是为自己不能停歇下来的生活而倦怠。

吕姐笑他说："你都这么成功了，有什么可烦恼的。"

的确，马豪比曲寒他们年长几岁，不论怎么说，他在他们这一代的大多数人眼里是最幸运的一类人。马豪心里自然也清楚，但他上了年纪后，也不免在夜晚陷入精神危机。儿女不争气，导致资本流失，又或自身松懈导致被人算计，若再经历失败，未必会有年轻时重来的勇气，因此吕姐那句话对他而言，既是一种安慰，也是无处诉说的郁闷。

于是每次听到那句话，他总是笑笑便不再说什么。他问起许小满的情况来，许小满把同曲寒讲的内容又说了一遍，几句话概括了二十年，简单到让人没有真实感。吕姐的目光中流露出对许小满的担忧，马豪问他以后的打算，许小满低着头，用手指摩挲着酒杯边缘，微微咬着嘴唇没有说话。马豪则当即表示："你若回来跟着我，我保证你今后过上好日子。"许小满却摇头拒绝，他的目光始终带着笑意，西垂的阳光打在他身上，显得他莫名的遥远。

吕姐看着许小满，对马豪说："你看小满，比以前开朗很多。"

"还真是。"

"以前他是什么样的？"曲寒突然问道。

她冷淡的语气以及所提的问题，虽然让马豪感到奇怪，但他也多少看出她和许小满两人有着说不清道不明的一些关系，此刻他也乐意怀旧，于是娓娓而谈："我从来没见过像他那样的人。在他离开之后很多年间，认识过的那么多人里，也从来没有见过像他那样对什么都不在乎的人。我敢说哪怕告诉他明天世界会毁灭，他也断然不会关心。那时他总是眉头紧蹙，一副丢了什么重要东西的样子；饭量很小，我一顿饭足够打发他两天。后来彼此熟悉一些，我从他零零散散的话里猜测，他大概是和家人有了矛盾才出走打工的。因为这原因，有一次我把他扭送到车站赶他回家，他先上了车，可火车要开走的那一刻，他又逃了出来，我看他样子，像是在惧怕什么，就再也没赶他走。在那之后他跟在我身边，性情变化了一些，开始好好吃饭，打扫卫生，主动跟游客搭话，直到后来，不用我在旁边盯着他也能顺当地揽下客人了。"大概过去那段经历印象太深刻，马豪说出很多细节来，他好奇地问曲寒许小满小时候是不是也这样。曲寒只是摇摇头，好似在思索着什么。没得到确切回应，马豪也不在意，继续说："但那时我知道他再怎么看上去让人捉摸不透，到底还是个孩子。有天仓房漏雨，我让他跟我一块睡，我躺下睡着睡着感觉哪儿湿了，心想这小子该不会还尿床？开灯一看，居然是他在哭，我赶紧把他叫醒，他说他做了个噩梦，掉进一口井里怎么也爬不出来，神奇的是，我叫醒他的时候，刚好一根绳子落下来救了他。我猜他在撒谎，分明是想家了才编了这个借口。"

窗外飞过几片枫叶，曲寒心里微微一颤。

临近傍晚的时候，店内客人多了起来，吕姐去招呼客人，前堂和后厨渐渐嘈杂，人气和热气也随之鼎沸，曲寒的手脚回暖了一些。此时马豪已是七分酒醉，和许小满聊得正酣，这桌上的菜没动多少，凉了叫人去热，热了又变凉。沉湎于从前和感念友人，似乎让马豪着了迷，掉进自己丰富的、带着柔情色彩的梦里不肯出来。

在许小满说起今晚就要走的时候，马豪突然把酒杯往桌上一摔，借着酒劲发起了脾气，几乎是以命令的口吻为许小满做起了打算，他说："再多待上几天，我安排飞机直接送你们去和另一个朋友聚会。"

"这次回来本身就在计划之外，能见到你我就已经很知足了。"

“小满你得给我个机会，我要好好弥补你。”

“大豪哥你醉了，无缘无故的，为什么要弥补我？”

说是醉了，可马豪仍旧口齿清晰，这是他年轻时在一场又一场的酒桌上练出来的本事，他说：“我有件事一直瞒着你，说起来，跟我过去在商场上耍过的手段相比，那算不上什么，可是想到对方是你，我就觉得我简直不是个人。你还记得我当时为了还债回了一趟家，回来的时候我告诉你，亲戚在南边帮我找了个工作，咱们寰原山导游队就散了吧。那件事你还记得吗？”

许小满点点头，他记得那晚是他们最后一次见面，此后两人分道扬镳，各奔前程。

那几年，马豪家里因为父亲生意失败欠债十余万，债主天天逼上门催债，怀孕的老婆受了惊险些流产。后来马豪通过父亲的老板朋友得知，有一对华裔老夫妇回国度假，打算在全国游玩一个多月，需要一个私人导游帮忙打理一切行程，兼顾运送行李、购置礼品等事务，他们希望对方不仅有导游经验，还能吃得了苦，让他们有个愉快的旅程。

父亲的朋友觉得马豪合适，便从中介绍，促成了此事。老夫妇很慷慨，给的报酬是他再干两年也赚不到的。马豪询问是否可以再带上一个帮手，老夫妇没什么意见，只不过不会再给佣金，完成任务他们自己分成。

马豪兴冲冲地前往寰原山脚下打算告诉许小满这件事，但走着走着，寰原山的山风吹醒了他的头脑，那对老夫妇关于佣金分成的话再次在他耳边响起来。那晚，马豪坐在吕姐的饭馆里等待许小满来的时候，不知不觉已经喝下了一瓶酒。窗外起风了，招牌灯箱被吹得来回摇晃，路人裹紧了外套，缩着脖子渐渐走远。

冬天要来了。

许小满顶着风推开吕姐饭馆的门，在马豪面前坐下来。许小满喝了口酒暖和下身子，说："大豪哥你回来就好了，我还担心你在家出了什么事。家里现在怎么样了？"

"没事儿，你不用担心。"

"我这两天去城南打听了一下，那边有一家新开的火锅店正在招聘店员，还有一家电器厂也在招人。"马豪喝着酒没回应，许小满看他脸色不太好便说："我只能找到这些了，我想，咱们暂时做着这些零工，等来年旅游旺季我们再找合适的景区，免得跟旅行社抢客人……"

"小满，我就不跟你一块了，我表舅跟我说，他在广州那边需要我去帮把手，我可能过两天就走了。"

"你表舅是做什么的？怎么没听你提过？"

"跟你刚才说的情况差不多，他有一个厂子，我跟他说我想再带一个人过去，但人家就只有一个名额，我也没办法！"马豪边说边激动地拍了一下桌子，说完舔了舔嘴唇，好像不知道接下来该说什么。

许小满无言片刻，看了看桌上的菜，大概也明白了，他笑着说："反正我也觉得在城南打工没什么意思，既然这样，我想……想去西边看看。"

"西边？"

"对，青海、四川或者西藏，听说那边的风景也很美，肯定有很多游客，我先去探探情况，要是行，我再叫你过去。"

"你什么时候有这计划的？也没跟我说。"

"早就有了，我安分不下来，饶城也关不住我，就等你放我走呢。"

"那……你有自己的计划，是挺好的。可是，景区全国都有，为什么要去那么远的地方？"

"我想去那边看看，找一个地方。"

"什么地方？"

许小满沉吟道："一个说不定能解开我困惑的地方。"

"什么意思？什么解开困惑的地方？是什么样的困惑？有这样的地方吗？"

"不知道，我只是不久前突然意识到，我不能再为了任何人而存在，从那一刻起，我就想找到这么一个地方。像大豪哥你，你有很多出发点可以选择，有不同的方向和路线，有不同的终点或阶段性目的，但是我连最初的出发点都没有，我走不下去。我想走下去，因此我必须找到一个意义，或者一个动机，理想、金钱甚至生存对我来说都没那么重要，以前我认为重要的对现在的我来说也失去了意义，能支撑我的只有剩下的许多未解的困惑。也许，解开这些困惑，对我来说就是一个意义或动机。这很重要，一方面，这些困惑让我深陷泥潭无法自拔，另一方面，可笑的是，它们又成了支撑我活着的动力，在我身上的这种矛盾，是我唯一拥有的活力，是我活着的象征。我能看清这一点，其实还是有些庆幸的。所以我要找到那么一个地方，即便我此后被困在原地，与世隔绝，我总归是有了自己存在的意义，不会给任何人造成干扰。”

“我总是看不透你的想法，也许我对你的了解还是不够多。但是你一定要知道，你没有给我造成干扰，我从来没有那么想过。”马豪急忙解释道。

“以前这只是一个不确定能否去做的想法，现在你有了不错的安排，我多少可以放心离开去行动了。”

许小满在桌下掏出一把钱，五十块二十块还有几张毛票，许小满把一把钱叠好塞给马豪，马豪抓住他的手，立刻急了眼：“你这是干什么？拿回去！”

饭馆柜台后的吕姐朝他们看过来，见不便插手就又坐了回去。

“你听着大豪哥，你这辈子没出过饶城，不知道路上有多少要用钱的地方，在我面前就不要硬撑了。”

马豪愣住了，还以为许小满发现了什么。许小满又说："我知道你的钱都给家里还债了，身上没几个钱，你看你穿得……好歹买双像样的皮鞋，别让人看低了。"

许小满将钱塞到马豪的裤兜里，马豪当即来到柜台前跟吕姐要了笔和纸，写下歪歪扭扭的一行字。他红着眼睛把欠条塞到许小满的手里说："这些钱不会白借，将来赚了钱，一定会十倍奉还！百倍奉还！希望你能找到那样的一个地方，安定了就给我寄信来，不要忘了，要经常回来看看。"

许小满知道只有收了欠条他才会收钱，便没再推辞。两人坐回到位子上，酒杯碰撞，深夜醉晚。第二天马豪趴在酒桌上醒来时，许小满已经离开，店外面的垃圾箱边散落着被撕碎的欠条。就这样，许小满像一阵烟一样消失了，仿佛从未来过马豪的世界。

头顶的白炽灯突然亮起，把曲寒从马豪的记忆中拉回现实，店内吵吵嚷嚷，店外夜幕降临。

讲完这些的马豪，将头深深埋在许小满面前，许小满倒颇为平静，他扶起马豪的肩膀问："就因为这，你这么多年一直觉得对不起我？"

"你回来就好，你回来了就好，你等我一会儿。"马豪说着，打了个电话给律师，大概十多分钟，一名西装笔挺的律师就拿着一摞文件出现在门外，马豪说："这儿太乱了，我们出去说。"

律师把手里的文件递给马豪，马豪一边翻看一边说："现在公司在寰原山一带开发的旅游产业，几年前就已进入成熟期，不用怎么操心，每年都有固定收益。寰原山景区一年下来虽然赚不了多少钱，但它周围的茶园、游乐园、球场，还有会所、温泉、房地产每年收益还是相当可观的，这份是游乐园的资产证明，还有茶园的。”马豪说着把文件一一拿给许小满看，又说，“你要是想看看里面的情况，我们现在就过去……”

许小满打断问：“你这是干什么？”

“这是我答应过你的，也是你当年把钱投在我身上应得的回报，如果你嫌管理麻烦，我可以帮你安排帮手。”

许小满却把所有文件塞回律师手里，马豪顿时急躁起来：“你别以为我在跟你开玩笑，我喝醉了是没错，但这事儿我早有准备，不然你问律师。”

旁边的律师对许小满点点头说：“马总早在几年前就让我这么准备了。”

许小满却拉着马豪去旁边说话：“我没说你开玩笑，可我不觉得你对不起我，以后你也千万不要这么想。看到你现在事业有成，我特别高兴，苦日子过去了，大豪哥你就好好享受自己的人生吧，而我……”许小满说着摇摇头，马豪不太明白那摇头是什么意思。

“我还是要跟你说清楚，你没有对不起我，因为无论你当时做什么选择，那时候的我都已经不再对任何人抱有期待。”

“可是许小满，如果不是我违背诺言，你现在应该会活得更好。”

“没有谁一定要对谁负责，如果当初我也能想清楚这个道理，我应该会活得轻松些。”

“我不明白。”

“大豪哥，你说以前的我总是冷着一张脸，可是你还记得我离开的时候是什么样子吗？”马豪被问愣住了，想起离开那晚许小满喝酒时的爽朗，他还记得自己夸许小满喝酒越来越像个爷们。许小满继续说道：“仓房漏雨那晚我没说谎，那个时候的我像掉进了一口井里，是你把我从晦暗的地方拉了出来。你总念叨着我当初借给你的钱，可我觉得那是我应该给的，就当是你教会我生存技能的学费好了。”许小满又说，“所以你没有对不起我”。

饭馆门口的彩色灯光把夜色下的两人闪得忽明忽暗，曲寒抱起脚边的小白猫，一边细细抚摸它，一边不时看向窗外。她大概猜出马豪想要做什么，只不过她还在猜测许小满会怎么选择，正是反复站在他的角度衡量的时候，她才意识到自己其实有所期待。

最终，马豪还是没能拗得过许小满，这晚告别时，吕姐站在门口目送他们离开，眼里潮乎乎的，又对回望的许小满和曲寒挥了挥手。马豪亲自开车送他们到车站，得知曲寒要去盛节，便打算一路开过去，但被曲寒婉拒了。下车进站之前，马豪问许小满：“你什么时候再回来？或者给我留个地址，我去找你。”

哪怕是告别，马豪也恨不得大摆宴席，郑重其事地说尽想说的话，而不是像许小满这样没有预兆地来和轻飘飘地去。他走过大半生，因为发家后的傲慢以及那三任妻子对钱财贪得无厌，他婚姻不顺，家庭少见和谐，工作中遇到的人更是不用说，全部对彼此有所图，就连吕姐也不得不为了儿子的前途，与他多了一层利益纠葛。他早已养成对谁都戒备的习惯，唯独许小满这再一次的离去，让马豪突然心生毫无着落的郁闷。也许是因为许小满那年轻如昨的面貌，他看着许小满时，就好像看到了刚在寰原山落脚时的自己，进而又心生一股怜悯。

许小满似乎能看出马豪的想法，他劝说道：“大豪哥，你比从前要强大得多，生活也比我想象得更好。寰原山上游客如织，热闹得很，你记得常去走走，想起我的时候就当作见我吧。”

“许小满，我还是不明白。留下来，你的人生就会改变，你难道真的不期待？”

许小满对他宽容地笑笑，也不再说什么。

两人相拥过后，许小满挥手远去，和曲寒进了火车站。深夜的车站外刮着寒风，马豪抬头看风吹跑了星星，头顶空荡荡的，他裹紧了衣服，叹了口气，紧接着那叹气也被风吹散，只好上车原路返家。

6

火车行驶缓慢，预计在早晨抵达盛节，车厢摇摇晃晃，冷白灯光下，乘客们昏昏欲睡。许小满却兴致不减，聊起三人上学时的趣事，什么刘阿年追求的女孩子啦，曲寒喜欢的CD啦，还不停追问曲寒过去的事情，似乎是要从这些回忆里面挖掘出什么，又或者提醒曲寒什么，总问："你记不记得""你好好想想确实有那样的事"……

曲寒从不认为自己是个怀旧的人，这么多年来几乎是与过去割裂了。在许小满的话语和车厢摇晃的节奏中，曲寒将头靠在玻璃窗边，一时昏昏沉沉，对于他的询问，总用"不记得""没印象"等话语敷衍了事。而后，她又微微抬起有些倦怠的眼皮问："又不是活在过去的人，为什么要把那些事情记得那么清楚？"

对面的许小满安静下来，注视她片刻，轻轻笑了起来，那笑容有些意味不明。然后便不再说话，那独属于许小满郁郁寡欢的沉默时隔许久再次出现在他脸上。

曲寒叹了口气："不如说说你，也许我也能想起什么来。"

他想起什么，缓缓说道："那次雪崩后，我掉进了一个狭长的冰裂缝里，全身都无法动弹，就像是结结实实地冻在了冰面上。我好像听见了队员们的声音，大声呼喊但没有人回应，很快，那些若有若无的声音就消失了。到了晚上，我不知道救援队什么时候来，身体也接近极限，你知道那时候我在想些什么？"

曲寒摇摇头。

"我在想长暮河、红色黄昏、火车、枯梨树、游戏机……你不知道我为什么想这些吗？你明明记得的，可是你说服了我，却无法说服你自己。"

路灯坏掉了，胡同里漆黑一片。他不怕走夜路，哪怕蒙着眼睛也能凭直觉找到家门口，以前他不知道西屋是不是他家，刚来的时候只称为租住的地方，他不知道在这个地方会住多久，以前不是家，现在恐怕更称不上是家。许小满边走边胡乱地想着，家应该是什么样子的？来到临西之前，他还蹒跚学步的时候，记得曾在乡下有过一个家，那时候母亲还没走，如今他早已记不清她的样子，只在年幼的脑海里留下了一片模糊的影子。母亲因为什么走，姑姑说因为父亲，那父亲因为什么走，姑姑不说话。

突然一声狗吠，让许小满的心颤了一下，但脚步仍未停下。他想起父亲走后的一段时间里，自己每天照常生活，偶尔姑姑来看望他，说父亲来过电话，要他好好吃饭，好好睡觉。然而当许小满再问下去的时候，姑姑又避开了，说些无关紧要的话，许小满就知道姑姑在说谎。

不久前的那段时间，他常常躺在床上，看着太阳照在床单上，薄薄的光从温暖变得冰凉。日子过得很慢，慢到可以看见桌椅的呼吸，它们像人一样身体随着呼吸微微起伏又恢复平整，就好像屋子里还有其他生命一样。曲寒和刘阿年时常过来玩耍，将屋子变得热闹起来。而当他们一走，屋子里又只剩下无声呼吸的家具。

他慢慢地等，慢慢地望，坐在屋顶上看见老城西边临近天际的地方有火车驶过，轰隆隆的声音传到耳边时已经被风吹散，什么讯息也不肯给他似的。

直到有一天，他在胡同的墙根底下看见一只野狗，野狗阴冷地死死盯着他的眼神令他惊心，野狗放下警惕回到自己的土窝里睡觉后，他在原地愣了许久。那天以后，他躺在床上总觉得哪里痛，又说不出来具体是哪个地方，有时候是后背，有时候是心口。他怀疑自己病了，吃了感冒药却不见好，不知道是什么病。曲寒和刘阿年也看不出他生了病，好像只有十三岁的他知道，还有一个多月就要十四岁了，也许到了十四岁这病就能好起来。那就慢慢等吧。

不久后，临近冬天的一天清晨，曲寒不知为何突然早早醒来，看向窗外还是一片寂静。前一天晚上气温骤降，外婆给她换了厚棉被。她偷偷将薄被给许小满送了去，但昨晚许小满像是有什么心事，他叫住曲寒好像有话要说。他看起来有些虚弱，嘴唇干涩得像很久没有喝过水了，他问："今天晚上要不要和刘阿年一起来我这睡？"

曲寒摇摇头说："刘阿年考试考了第三，正被他爸训着呢。晚上外婆让我帮她拆毛衣，你知道的，她总是拆了缝，缝了拆，要是我不帮她，明天一早的饭肯定又是剩菜。"许小满轻轻点头，还是像从前一样微笑，嘴角和眼睛微微地弯着，他说："那好，明天见。"

曲寒无聊地趴在窗户边上打了个哈欠，不知道他昨晚睡得好不好。

霜打在梨树枝头，树枝在冷风中颤颤巍巍，西屋门前的晾衣绳上还挂着昨天晾晒的衣服。

糟了，衣服没干，许小满上学要没衣服穿了。

曲寒披上厚棉衣跑出门收起已经冻得硬邦邦的衣服，要推门进西屋时却发现里面上了闩，往常许小满可从来不闩门的。拍门得不到回应，曲寒跑到窗口往里面瞧去，透过雾蒙蒙的玻璃窗隐约可以看见煤炉上正烧着火，报纸堵死了漏风的窗户缝隙，许小满躺在床上仍在睡着。

曲寒着急地拍着窗户，大声叫着许小满的名字："许小满！许

小满！许小满——”

许多年后，许小满在白礼雪山C2营地的帐篷里从噩梦中醒来时，耳畔传来的便是这声声呼喊。

外婆推开窗户，打断执着呼喊的曲寒："大早晨的吵什么呢！"

曲寒对外婆大喊："许小满睡死过去了！"

"死什么死，再喊我就死给你看！"外婆砰地关上了窗户，起床气把玻璃震得咣当响。

曲寒凭着直觉，认为许小满是死了，仿佛是他亲口告诉她的，在夜星躁动易惊醒的梦里，也在长暮河高出十米的坡地上。呼喊得不到回应，撞门也无济于事，曲寒抄起砖头砸破了窗户，把里面的门闩打开，她冲进屋子晃动许小满，见许小满面色苍白，嘴唇发紫，她来不及反应，抱起他便往外拖去。拖到院子里的时候，许小满有了意识，趴在地上不停地呕吐起来。

外婆再次推开窗户，刚想破口大骂，见到许小满的情况后，立刻起身到厨房冲了一杯浓茶端到他面前，动作粗暴地从他嘴里抠出呕吐物，将浓茶灌了进去，又拍了拍许小满的脸，命令道："别睡！"然后外婆快步走出院子去刘家喊人帮忙。

许小满躺在曲寒的怀里浑身发抖，曲寒把自己的衣服裹到他身上，不断喊着他的名字让他不要睡。

许小满裹了霜一样苍白的脸落上曲寒的热泪，他却不知道她为什么哭，为什么像颗烂在树根下的梨子一样呜咽，他望着灰白的天空，有雪飘落。他笑了起来，因为看到雪在跳舞。

他闭上了眼睛，尽管没有睡去，也没有死去。他听到了一切声音，但他并不想理会。他想，就让我这么睡好了，不要叫醒我，冬天的床上很暖，可以让人放松地胡乱思考，思考累了就继续睡，醒了再想，不是所有问题都有答案，想不通又有什么要紧。谁也不会责怪他究竟为什么放弃了世界。

但那小女孩哭泣和呼唤的声音在他耳边响个不停，他不忍心听她这样哭，便终止了冬眠计划早早地醒过来了。

出院后，刘阿年和曲寒张罗着帮许小满给他家煤炉安装烟筒。许小满讲起他煤气中毒之后濒死时看到的意象。

“雪在跳舞哎！不是被风吹的，是真的在跳舞，你们不信吗？”

刘阿年一副坚定模样：“信！当然信，我有心灵致动的超能力也是真的，你们不也是没信过？不过说来，最近我总觉得超能力好像退步了不少。”

“那你说说，我看到的都是什么。”

“我还是觉得，咱们两个说的不是一回事儿。”

“怎么不是一回事儿？”

“我是说，你看到的雪在跳舞大概率是被风吹的，另外一种可能就是幻象。就像魔术骗过了你的眼睛，幻象骗过了你缺氧的大脑。”刘阿年回答道。

“照你这么说的话，人在生死之间就会出现幻象。那么，那些喝醉了犯迷糊的人也能看见幻象，难道也说他快死了？”

“这我就不知道了。虽然我有超能力，但我这是在科学界限之内的。我相信人死就是物理意义上的消亡，至于濒死之际看到的雪会不会跳舞，我们谁都不知道，将死未死时候能不能窥见另一个世界的一二，除非真正体验，否则很难断定……”

刘阿年摇着脑袋背诗一样唠叨的时候，曲寒却在一旁罕见地不言语，她将玻璃碎片扫干净后，静静地盯着破洞的玻璃窗户想着什么。许小满看见后说：“一会儿拿报纸把洞堵上就好。”曲寒却没有任何回应，扔下扫帚离开了西屋，爬上屋顶，随后许小满追了出去。

刘阿年跳下煤炉，也安静下来。他透过破洞的玻璃看着许小满，烦躁地抓了抓自己的脑袋。

“你怎么了？是不是被吓着了？”许小满爬上屋顶坐到曲寒身旁问。

曲寒没回话，心里一直想着该死的门闩，医生说再晚一点就要留下后遗症了。自从许桂中离开之后，她和刘阿年就时不时去许小满屋里睡觉，因此许小满从来不闩门，偏偏那天门是打不开的。烧煤不封火，到了早晨火早就熄灭了才对，她看到的时候火却还在旺盛地烧着。还有，外婆常年扔在墙角的旧报纸为什么塞在了西屋的门窗边缝上？许小满可从来不敢动外婆的东西，不管是没用的旧报纸还是一根柴火。

许小满看她一副气呼呼的模样，忍不住笑了起来。曲寒更加生气地瞪了他一眼，她想把疑问问个遍却始终问不出口。

“许小满，我救了你一命，你要怎么还？”

“可千万别告诉姑姑。”许小满答非所问。

“那你要怎么还？”

“你说怎么还？”许小满一脸笑意，不当回事儿似的。

“我要你做很多事情，让你每天都出现在我面前，要你每天都和我说话，要你没有自己的时间不能做自己的事。”

“只要你需要，我一定会在你身边。”

“不够，这些都不够。我要你活着。”

许小满脸上的笑意像那天的夕阳沉落，余留空寂，他说：“我怕等不到。还能有什么值得的呢？”

“有，肯定有！”曲寒从屋顶上站起来，眼睛急切地搜寻着说，“有很多，有长暮河、红色黄昏，有火车、游戏机、屋顶、枯梨树、鸽子、游泳、废弃工厂、游乐场、自行车、我、刘阿年、可乐、小提琴、春天、星星、梅子糖、野猫、桑葚、操场、公交车、日记本、钓鱼竿、雨靴……”

黑暗之中，许小满仍不停地往四合院的方向走去，脚步在空荡荡的夜色里发出沙沙声响。他口中喃喃念着曲寒曾说不尽的事物，正如他躺在寒冷的冰裂缝中，无望地等待救援、看温柔的月光照耀冰层时那样喃喃念着：“柳树条、画片、石桥、太阳、马齿苋、水蜡烛……”

临近门口，一束亮光出现在前方。刘阿年拿着手电筒朝他晃了晃，走了过来，夜色中看不清刘阿年的脸，语气倒是分外认真，他说：“我刚从你家出来，发现你不在。”

“怎么了，今晚要过来睡？”

“不是，我好像感觉到了什么。”他一副刻意的神秘腔调。

许小满不解，问他：“什么感觉到什么？”

“还能是什么，我的超能力啊，我感知到了一些信息。我没有主动去找哦，是那个感觉自己找到了我。”

“你是说，在我家里感觉到什么？”

“可能是最近我在你家过夜，总盖你爸盖过的被子的原因。我感知到他在那个方向。”

许小满顺着他所指的方向问道：“西北方向？”

“啊？不是，是那个，东南方向，反正就是那个方向。我感知到你爸现在住在海边，那地方沿海靠山，风景很美，他经常穿着花衬衫经过海边的那条公路去上班。哦，我还感知到他最近找了个好工作，赚钱多，就是太忙了，因为他要很忙碌地工作赚很多钱，给你将来上大学用，他不打算告诉你是想给你惊喜。哎呀，总之，忙得不行，早出晚归的，都没时间坐下来写些东西。但你别担心，也没有忙到吃不上饭，睡眠啊，吃饭啊，都按时按点，身体挺好……”

许小满静静地听着，他知道父亲不大可能会去赚很多钱，更不会穿花衬衫，但他没揭穿刘阿年，仍安静地继续听刘阿年的描述。刘阿年不停地说，越说越离谱，险些就要让许桂中像电影里演的那样走上一条暴富发达、纸醉金迷的人生之路。许小满没憋住，扑哧笑了出来。

“你笑什么？”

“我……我高兴，知道他过得这么好，很高兴。”许小满躲过他的手电筒，在黑暗中对着虚空一片的夜空笑着说道。

此刻，在火车上的曲寒当然知道他说的是那年冬天的事，只是，她从不刻意想起这些事。有时候无法避免地脑中闪过一些回忆，也大多是一些身体习惯带来的惯性。比如此时冷白的灯光无法让她深入睡眠，总会让她想起夏天早上在西屋床上被暴烈的阳光晒醒的日子。

升高中之前，暑假中的某一天，夏日阳光明晃晃地透过窗帘，晒得许小满睡不着，他身上穿着父亲留下的一件长袖衬衫和及膝短裤（短短两年，许小满已经蹿高了十厘米，以前的衣服穿不下了，便从柜子里翻出许桂中留下来的衣服），长袖衬衫卷到肘弯，穿在身上松松垮垮的。他从床上坐起来的时候，后背已经汗湿了一片。

许小满迷迷糊糊地察觉薄毯子下有动静，一掀开，看见曲寒穿着单薄的棉布短衫和短裤，额头碎发汗津津地贴在额角，正依偎在自己身旁熟睡着。许小满无奈地放下毯子给她盖好，轻手轻脚起床之时，门外响起刘阿年的大嗓门："许小满！许小满！"

刘阿年手里挥舞着一个什么东西，一路喊着许小满的名字闯进院子跑进西屋，曲寒被吵醒了，睡眼蒙眬地从床上坐起来。刘阿年看见曲寒从许小满床上下来的时候，脸上的兴奋劲儿突然被打断了，忘了自己要说什么。

"怎么了？喊我什么事？"

刘阿年又想起来，惊喜大喊："有你的信，肯定是你爸给你来信了！"

许小满急忙从刘阿年手里夺过信，信封上果然是父亲的字：

小满，你最近生活还好吗？姑姑在照顾你吧？我跟你姑姑通过电话，知道你在自己生活，这点我很是意外，你长大了，小满。写这封信是为了告诉你，我现在在春阳市定居了，顺利成为春阳杂志社的一名编辑，但我并未放弃创作。如今工作和住所都在这里安稳了，你放了假可以过来住。

随后许桂中附上一个具体地址，接下去又是一段介绍自己状况的话，看起来，他的生活已经进入状态，而且是从未有过的信心十足的状态。

“许小满，你要去东北找你爸了！”

三人欢欣鼓舞，商量着要一起去东北玩。许小满将信来来回回看了两三遍，心情久久不能够平静，以至于忽略了信里并没有寄来车票钱。

从那年夏天开始，每年寒暑假许小满都去打工存钱。去超市搬货，从乡下运水果到城区卖，刘阿年还拖着他们去街头拉小提琴卖艺，最后又找到稍微稳定些的游泳馆救生员的工作，不算很辛苦还能游泳锻炼。白天曲寒会去帮忙，到了晚上三人再一起补作业。

他们日复一日，年年如此，青春流逝而毫无察觉，在捉摸不定、脆弱又无止境的未知中，前途渺渺，希望闪烁。

许小满看着窗外，仿佛看到了过去的他们，曲寒同样看向窗外却什么也没看到，他叹道：“可惜……”

高三那年冬天，许小满的期末考试成绩出来后，已有十足把握可以考去春阳大学。车票钱也已经存够，还有不少余钱，他准备给自己买身冬天的衣服，给父亲买点临西的特产带过去，最后还要给姑姑买些好东西。

曲寒到刚刚兴盛起来的热闹繁忙的中心市场，从一间店铺逛到另一间，在人挤人的服装店里认认真真地给他选了套羽绒服、厚棉裤和一双时兴的旅游鞋。许小满想想这些年受曲寒和刘阿年照顾，却从来没能给他们什么，因而在刘阿年生日这天，带他们去拍照留念，三人留下了一张合影。

“那张照片还在吗？”曲寒问。

许小满从身上翻出来递给曲寒，泛黄发旧的照片上，三个人站在一张背景布前，曲寒瞪着双眼不知道该做什么表情，许小满神色有些紧张，手还放在胸前整理衣服，刘阿年则在拍照的时候眨了眼睛，最后拍出来的三人没一个是正常的。摄影师不肯给他们重照，刘阿年气得和店家吵起嘴来，也是从那时起，刘阿年赌气似的坚定了要成为一名摄影师的想法。曲寒仍记得他憋着一张大红脸气势汹汹地在门口跟老板对骂：“等老子功成名就了，一定回来砸了你家招牌！”

“可是，为什么照片这么冰？”

“我放在外面的口袋里了。”

曲寒抬眼看向许小满，不知道是灯光太亮还是她太久没有休息，眼前的许小满似乎呈现出微微透明的感觉。

“照完照片的那天晚上，我们好像还去了刘阿年家里。”许小满打断她的凝视。

那天晚上，他们在刘阿年家吃生日蛋糕，刘阿年妈妈准备了一大桌菜。

“小满，高考完你就去春阳找你爸了吧？”

“是，想考春阳大学。”

“是个好大学，小寒呢？”

“许小满去哪儿我去哪儿。”

他们不常见到刘家父母，许小满总盯着刘妈妈看，看她笑起来温温柔柔的眼睛，她完全不像刘阿年所抱怨的那样横眉冷对。刘妈妈说：“我们阿年被保送到复旦大学，以后可能跟你们见面次数就少了。”刘阿年继续吃饭，对母亲的话毫无反应，刘妈妈自己又加了一句，“以后没事了就多来家里玩”。

西屋里的炉火灭了，许小满被留下来跟刘阿年睡一晚，刘妈妈给许小满加了床被子、灌了暖水袋，还把许小满破了洞的毛衣拿去缝，许小满在窗户边上听见她跟刘爸爸说：“没爸妈管，这孩子就不知道怎么照顾自己，唉……”

许小满抱着暖水袋在黑暗里对刘阿年说：“刘阿年，我嫉妒你，要是有下辈子，我想成为你。”

刘阿年扭过头来，问：“你真的了解我是个什么样的人？”许小满笑了笑，刚要说句当然，可看见刘阿年少有的沉静的眼神，又憋了回去。

许小满继续听他说下去，但过了很久都没有声音，就在他关了灯后几乎要睡过去的时候，突然听见刘阿年的声音一点点响起，就好像听见他的思绪在一寸一寸地展开，许小满一时间无法辨清自己是不是在做梦。

刘阿年说："你有没有见过那种隐秘的小径，草叶繁茂、虫鸣兽奔的小径？没有吗？但你一定走过那种路吧？漫长又枯燥，毫无记忆点，毫无趣味，一条长长的但望得到尽头的路，就像我们在操场上跑过的八百米，你要先给自己设定一个较小的目标，跑到目标点之后，继续找下一个小目标，直到你坚持下来跑完全程。对，坚持，你必须坚持、禁止思考，才能走完那条路。

"我原本走的就是那样的路。可有一天，我来到临西，发现了一条从来没有见过的、隐秘且幽深的小径，我每天都抱着期待醒来，偷偷钻进去玩个痛快。但是时间一长，我渐渐发现，小径的入口是需要寻找的，时机恰当时很容易进入，时机不恰当时，小径的外围就变成了铜墙铁壁。因此，我常常站在那里，一个人，像是隔了好远。

"我开始不满。你知道，有时候人的坏毛病是被逼出来的，别人认为你是个好人，给予你赞美时，你就会越来越像个好人。但是有一天有人质问你，你怎么变成这样了？然后你就破罐子破摔了，坏毛病一个一个冒出来。我就是这样的，我看见自己一身的坏毛病，有时候自己都不能理解自己：怎么会因为一片叶子单单没有落在我头顶而生气呢？又怎么会在买完可乐又中一瓶时，犹豫纠结？堂屋和西屋门扉先后吱呀的声音，就真的像虫子啃噬的声音那么难以忍受？连压低的笑声我都会觉得刺耳。

“就因为这些，我每次都找不到通往小径的路，又因此，我身上那些不为人知的坏毛病在黑夜里不断滋生。这几年来，我一直想找到解决的方法，我知道，首先得找到我身上卑劣、傲慢、敏感、脆弱的根源。我试着从我爸妈身上找原因，找一找卑劣的基因，看到底能从谁的身上看到坏毛病的影子。可是很明显，他们谁都不曾像我一样经历过无法进入小径的痛苦。

“我爸眼里只有工厂繁忙的事务，他在我无法忍受的路上走得相当顺畅，他可以不断地给自己设定目标然后去完成，没有什么人能够干扰他，更没有什么人能够让他受折磨。他偶尔回头看看我，以确保我没有偏离方向，走在了他那条路上。我妈呢，似乎天生对疼痛极其敏感，我不经意的举动都能伤害到她。从这一点上来说，我曾一度以为自己找到了那些顽瘴的根源。可我又很快确认，她同我爸一样，从来没有见过那条小径，她的顽瘴和我的顽瘴，自然也是完全不一样的。我目前人生中所有的目标都是她亲手为我设置的，她用母性的柔弱绑住了我的手脚，让我拉奏小提琴，以完成她未竟的梦想。她为了排除我可能受到的干扰和诱惑，付出了超常的努力。比如，检查我的日记，翻出我写的情书，跑到学校指责我暗恋的女孩和她在夜市摆摊卖小吃的妈妈，说人家教育不好孩子，让孩子跑到学校勾引别人……哦，这些你都听说了，我也不说了。说点你不知道的，比如，我的房间不能上锁，我的内衣不能自己洗，我上厕所要定闹钟……可笑吧。倘若有一天我挣脱了身上的枷锁，她一定会疯狂，为她营造了十几年的美梦破碎而疯狂。显然，我卑劣的顽瘴至今没有找到来源和解决方法，所以今年考完后，我会走得远远的，如果很长时间不打电话，别担心，那是因为我玩得太开心已经忘了你们。”

曲寒听完愣了许久，问道："这些话真的是他说的吗？”她渐渐想起年少时刘阿年的脸庞和许多次一闪而过的眼神。

“跟我们印象里的他不一样对不对？我们总认为没心没肺、粗心马虎才是他，可谁又能知道他是不是常常在掩藏着什么。”

“他现在还好吗？”

“你应该比我更清楚才对。”

曲寒哦了一声，似乎刚刚反应过来，说道："不知道为什么，我总觉得你们一直有联系，但又说不出来为什么会有这种感觉。”

“所以他现在还好吗？”

“他大概已经找到了那些顽瘴的解决方法，一年年地逍遥在外，活得很潇洒。”曲寒回答道，他们沉默了一两分钟，似乎在任由思绪畅游在回忆中。

“最近我总是梦见我们以前的事，就连平时想不起来的在梦里也都想起来了。”

“我们今晚不睡了，好不好？”许小满说这话时，不知为何脸上带着哀求。

“我要死了，是吗？”

“你想多了。”

“那你干吗一脸认真？”

许小满笑笑，提议说：“坐得累不累？我们走走？”

“在火车上你还想往哪里走？”

“总有走的地方，就当在马路上散步。”

两人穿过车厢漫无目的地往前走去，乘客们都已陷入或深或浅的睡眠，曲寒心里产生了好玩的念头，像是这世上的人都被窗外暗藏的杀手迷晕，只有他们精力充沛且警惕。许小满似乎清楚她在想什么，打趣道：“我们像是去阻止什么邪恶计划，拯救世界。”时隔许久，曲寒脸上终于有了笑意。

一路的过道上，有乘客躺倒在座椅上，双腿直接横在过道里，或者将行李箱竖在过道，趴在上面打呼噜，也有人将行李箱横躺在地面好让双腿搭在上面舒服点。曲寒小心地穿过这些障碍，不希望吵醒任何人，她表情谨慎，像在做一台棘手的手术。许小满低声笑起来，曲寒回头瞪他一眼，却不慎踩在一个男人的脚背上，在大衣遮盖下的男人烦躁地嘟囔一句含糊不清的话，幸而没再有动静。许小满不由分说地将曲寒背起来，大跨着步子一一跨过障碍。

“你放我下来。”

“你怎么比以前还轻了？”许小满不松手，背着她一直穿行，然后他听到了伏在背上的她的一声叹气。

“你想起什么了？”

“我想起那些对于刘阿年来说铜墙铁壁的瞬间，就像现在。”

“可这傻小子，他并不明白，我们任何一个人都缺少不了对方。”

曲寒不知道他这话是不是故意说给自己听的，抛下年少时过分的执念、怨尤，以及时隔二十年再次见面时的怀疑和警惕，曲寒如今多少也能坦诚面对自己，因而对于这话，她并不否认。

“也许吧，后来只有我和他在一起时，即便我们丝毫不会提起你，待久了有些话也还是会像从地缝里钻出来，不受控制地横亘在我们之间，让我们谈论着你。所以我想，大概这就是后来他见我的时间总是很短的原因。”许小满将曲寒放下来，两人站在了车厢连接处，曲寒问：“你为什么不跟他联系？还在记恨当年那件事吗？”

新城区开的一家网吧正在招临时工，许小满打算趁着假期最后几天再去赚点钱。那天刘阿年上完辅导班来给他送笔记，顺便去玩两把游戏，那年最流行的一部游戏是《星际争霸》，搭眼一看，不大的网吧里几乎所有人都在玩这个游戏。

许小满正埋头在柜台后抄笔记的时候，突然听见一阵骚动，抬头望去，发现刘阿年和几个穿初中校服的男生推搡起来，原因似乎是初中生看不惯刘阿年打游戏时候的嚣张模样，想教训教训他。刘阿年对着站在他面前那个剃着寸头、看起来不好惹的高个子男生嗤笑道："你是看我在兴头上才看不惯吗？分明是我把把都赢，玩得比你好，让你在你小弟面前没脸。"

刘阿年总是会遇上这种因小事而起的争执，许小满劝他别冲动，提醒他该回去了。刘阿年也不想与低年级的学生计较，跟许小满道别后出门离去。原以为此事已了结，许小满却见那五六名初中生紧随着刘阿年出了门去，许小满心里暗自一惊，急忙追赶出去。

许小满顺着刘阿年平时回家的路线去找，很快在离公交站不远的无人街角赶上他们，几名初中生将刘阿年围堵起来，许小满大叫一声冲了过去，挡在刘阿年身旁。

"刚在网吧没你的事，非得跑出来挨打！"寸头喊一声"打！"，那几名初中生发起狠来，挥拳头的力气一点也不输成年人。许小满拽着刘阿年在一阵拳打脚踢中冲了出去，两人刚跑出去没多远，一块砖头砸到许小满身上，许小满一个趔趄栽倒在地。

初中生们冲上来将两人团团围住，两人拼尽力气还手，却挨不住几个初中生疯狗一样的厮打。刘阿年破口大骂，给自己壮气势，刚喊出来一句"你妈的"，一记重拳就砸在他鼻子上，鼻血突突冒出来，许小满则稍一迟疑脸上就又添一块紫青。强撑了几分钟，许小满已被打得有点分不清状况，一阵眼晕抱着头倒在地上。刘阿年挂着鼻血被打急了眼，看见那个寸头抡起一记重拳，眼看就要砸向许小满，刘阿年扑上去。随着一声闷响，身边的人渐渐都停了手，寸头捂着后脑勺倒在许小满身旁，血顺着他的指缝往下淌，一阵痛苦的哀号，似是牲畜被人抹了脖子。

一块沾了血的砖头掉在刘阿年和许小满身边，刘阿年的手还在打战。趁其他人愣神的时候，刘阿年拽起许小满飞奔逃走，身后的人大喊着“抓住他们”追赶上来。两人在一个路口分头跑，许小满听见刘阿年喊道：“跑，别停下！”

许小满知道刘阿年一定会跟他一样往老城区方向跑，他像一只受惊的羊，频频回头张望有没有人追上来，跑了很久耳边似乎还能听见刘阿年那句“跑，别停下！”。他没有停下，即便身后看不到那些人，脚下也不敢放松，这要让曲寒知道，她一定又会笑话他胆小吧。

这条路上空空荡荡，两旁是不知什么年份栽下的白杨，他突然看见一棵树的模样，想起自己什么时候曾经过这里。他停下脚步来彷徨四顾，也许就在几分钟前，他跑过手边这棵白杨树，一棵树干上裂开眼睛的树枝杂乱的白杨树。这条土路也曾在哪里见过，在邻乡，抑或是在记忆模糊的最早前的故乡。倘若我不生活在这里，那这条道路与我又有什么关系？

他站在那里，想起的竟然是这么个毫无头绪的问题。唯一能引出此番思索的，似乎是在前无去路后无退路时，猛烈跳动的可怜弱小的心脏，它同大口喘出的粗气一样，被吐出了身体之外，暴露在了冰冷的空气里。

突然有什么东西猛地推了一把他的肩膀，许小满吓得一趔趄，回头看看，却什么人也没有。许小满朝路的一侧跑下坡去，逃离了那条路和那排阴森森的白杨树，他跑到了长暮河边上，远远地看见老城区成片的青色砖瓦房，于是他朝那些砖瓦房跑去。此时正值隆冬傍晚，深青色天空开始下雪，远方老城区里家家户户亮起暖灯。许小满又一次停了下来，茫然地望着天空和暖灯，他走在河边张开双手，雪花纷纷落到双手，化进血污里……

“当然不是，我早已不在乎那件事。”许小满说着转身进了另一节车厢。

空荡荡的餐厅车厢里，两人在一张餐桌前落座，乘务员看见他们也懒得动，虽然他们没点菜但也默许他们在这里坐下。许小满没有说话，曲寒从这沉默里听出了什么。

“你不在乎那件事了，但你在意刘阿年当年冤枉你。”

“不，只是我有时候会想，如果当初那件事没有发生，我们三个现在会有什么不同。”

刘爸爸当着老师的面呼了刘阿年一巴掌，刘阿年抬眼直视着父亲，猜想其实父亲早想给他一巴掌了，不为他犯过的错和改不掉的毛病，只是觉得作为父亲就应该在儿子脸上呼一巴掌。

老师担心刘爸爸还会动手，便让刘阿年先回教室，刘爸爸在外面抽起闷烟来。

“张老师，阿年的保送名额不能重新审核，您一定要想想办法呀。”刘妈妈脸上的皱纹恰如其分地表达着急切和担忧。

老师将刘妈妈那包在报纸里的礼品又推了回去，她说：“那个初中生现在还在医院昏迷着，家长跑到学校来闹，我们也是没办法。”

“家长要多少赔偿我们都给。”

“他们家长说了，不光要赔偿，还要打架斗殴的学生受到处分。”

“阿年身上也有伤，怎么能只怪我们孩子呢！”

“这您别担心，初中校方那边也承诺给予他们处分。”

“那能一样吗？我们孩子是复旦大学的保送生，他们几个混混连专科都考不上，能跟我们孩子比吗！”

“您别激动，学校珍惜人才，像刘阿年这样学习优秀的孩子，最后不会受到太重的处罚，顶多就是取消保送资格。依刘阿年的成绩，他参加高考也是有机会考上复旦大学的。”

“不行，那不一样。”

“这个恐怕不能由着您，那边的家长一定要打人的学生受到处分。”

“要打人的学生受到处分，要打人的学生受到处分……”她痛苦地将这句话念了两遍，然后像是嚼不懂这话里的意思，又念了一遍，接着她凑近了老师说：“是啊，张老师，我们也觉得打人的学生一定要受到处分，只是，你们真的确定，打他们家孩子的就是我们阿年？”

当天傍晚，刘妈妈端着晚饭到西屋来，在饭桌上留下一沓钱，说：“小满，你怎么能打架呢？还带着阿年一起？人家家长都找到学校去了。”

“阿姨，不是我，那天是刘阿年……”

“可别人都说是你，在场的那几个孩子说砖头就在你手边上。”

许小满愣住：“您为什么这么说？”

“小满，等你上了春阳大学，这些钱够你交学费的，阿姨还会帮你赔偿那个孩子的医药费。现在我听说那个受伤的孩子已经醒过来了，学校不会重重罚你，但是阿年不一样。”

许小满没有再争辩，但第二天在学校会议室里，他才知道刘妈妈撒了谎，那个受伤的初中生仍旧躺在病床上，他狂怒的母亲当着调解纠纷的警察的面，哀号着厮打许小满，要他去坐牢。许小满一动不动地站在原地，任由那母亲拽着他的头发和衣领摇晃，再没说出一句话。

曲寒得知后跑去找刘阿年让他作证，她却没有看到刘阿年手里那张保送生录取协议。

“再不去，许小满要被抓去坐牢了！”

刘阿年扔下书包跟曲寒往会议室跑，曲寒不解地说：“许小满为什么不说话呢？明明不是他打的人，你是唯一能为他证明的人……刘阿年，许小满要是受到处分可怎么办呀？”

刘阿年突然挣开了她的手。

“你怎么了，刘阿年？快走啊。”

在学校那条幽暗深长的长廊里，阳光在尽头扑朔，刘阿年的脸与周身的晦暗融为一体，让人看不出他的表情。刘阿年转身往回走，他说：“保送生录取协议今天就交上去，明天我就不来上课了。”

“你什么意思？不是你打的人吗？你难道为了保送不救许小满？”

“你要我怎么做？你怕许小满受处分，为什么不怕我受处分？我可以不要什么保送，但我就想问问你，你说我是你的朋友，可是为什么许小满不能受处分，我就可以？”刘阿年转身朝长廊尽头的光明走去，身后曲寒的声音像是被人捂住了，消失了。

3月初的阳光淡薄得被风一吹就没入云中，院中的枯梨树今年还未发出新绿，外婆坐在堂屋里停下手里的织针，忧心忡忡地看着枯梨树。

许小满买了一篮水果送到外婆屋里，外婆看着许小满，不懂他这是什么意思。他说："姑姑知道学校对我做出辍学处分时哭了一整天，她说打了电话给我爸，我爸先让我在姑姑家里住着，然后会尽快解决转学的事情。这两天，姑姑家里的弟弟妹妹都感冒了，需要每天去医院输液，我不能再去给她添乱了。我有点后悔没要刘阿年家的钱，如果要了，我就能给姑姑留点钱了。"许小满坐在外婆身边自顾自地说着，外婆静静的，没有任何反应。

"我还没跟她告别，她那个脾气您知道，她要不想让我走，什么事都做得出来。今天她放假回家，明天我一早走，等我走了以后，您再告诉她吧。"

"去春阳？"

"是，到了那儿我会给她寄信来。她如果还想考春阳大学的话，我会在那里等她。"

"不行的话，以后可以再回来。"外婆说道，许小满并不太懂外婆的意思。

"屋里的水用完了吧，我去帮您提桶水来。"许小满说着拎桶去院子的压水井边打水，他突然说道："不知从什么时候开始，已经没人从长暮河运水吃了。"外婆恢复了沉默。

隔壁院子里传来拉小提琴的声音，近来为了参加一个小提琴大赛，刘阿年每天上午三个小时下午三个小时集中训练。许小满爬到屋顶上朝刘家院子里砸石子儿，砸得盆罐叮当响，一不小心还砸碎了刘妈妈放在院子里的那个清洗过的花瓶。

刘妈妈听见动静跑进院子里吵嚷:“谁呀!”抬头看见许小满，立马熄了火气，刘阿年跟了出来。

“吵不吵，成天拉拉拉，没有拉琴的天赋干脆砸掉好啦。”许小满坐在瓦片屋顶上说。

刘阿年像是得到什么呼应一样，拿着小提琴就爬上了屋顶，刘妈妈在下面喊起来:“阿年回来，别打架!”刘阿年不理睬，爬上屋顶顺着两家墙壁爬上了曲家的屋顶。

“你别跑!”刘阿年喊道。

许小满回头就朝刘家的房顶上跳过去，接着刘阿年一阵乱跑，瓦片纷纷掉落砸碎，刘妈妈又急又气。

“哎呀，小心点，你们都给我下来!”

从新城区来的公交车停在老城区的一个路口，曲寒从车上下来，背着书包往家走的路上，看见两人在屋顶上追逐，还喊她一起上来。曲寒爬上屋顶向他们跑去，三个人踩着屋顶瓦片和砖墙，踏过一户户人家，屋里走出来凶恶的大人指责，他们纷纷做了个鬼脸。刘阿年扔掉琴弓，像弹吉他一样弹起了小提琴，他们站在瓦片屋顶上，隔着树影望见西边临近天际线的铁道上，一辆朝北狂奔的火车驶进了深深的暮色之中。他们继续追逐，朝着永不结冰的长暮河跑去，向着不要坠落的夕阳跑去，也向着行驶的火车尾巴跑去，永不停歇。

7

从拉萨转车到日喀则火车站，大罗和友人又租车从车站前往吉隆县，经G318国道开了约莫八个小时的车才在夜间抵达吉隆，老战友达瓦在自己开的一家旅馆里早早为他们准备了一桌酒菜。

二十多年未见，此次借转山活动他们这些老战友才得以相聚。酒过三巡，已是深夜，旅馆楼下的餐厅里，他们仍兴致未尽。

这时进来一批登山队队员，领队的是个一头灰发、眼神机警的男人，一看手臂上精劲的肌肉便知他是个常年登山的老将，大罗猜测这人年龄跟自己相近，有五十多岁。后面是四个年轻队员，最后走进来的是一个稍年长的中年男人，这个人不修边幅，样貌粗糙，身上除了登山装备，还背着一个相机包。他吩咐年轻队员回房放下东西然后下来吃饭。其中一个年轻队员被人扶着，一副臊眉耷眼的样子，身上一圈脏兮兮的雪泥，右脚不敢点地，应该是摔伤了。

这些人一进来，达瓦就起身欢迎并安排上菜。达瓦问："今天对山路的探测还算顺利……”

达瓦话还没说完，领队突然发出一声呵斥，指着受伤的年轻人叫他赶快滚蛋。受伤的年轻队员憋着泪水解释哀求起来，任谁看都是一副可怜模样，不忍再训斥。可那领队反倒更加凶恶，禁止他再参加任何登山活动。大罗猜想这个领队想必在登山圈里有一定的威望才敢说出这样的话，否则不能震慑任何人。此人的模样让大罗想起自己刚入伍时极为严厉的教官，这些教官眼里容不得一丝错误，按他们的话来说就是，眼下若容忍一次，无异于将新兵们推下火坑。至于这领队是什么想法，大罗并不确定。而那个中年男人看似一副热络的模样，却也在领队训斥的时候不发一言，只在年轻队员气急败坏要拎包走人的时候将他拦下来。原以为中年男人会从中调解，谁料他只是告诉那个队员今晚先在这歇下，明天一早会帮年轻人叫车送去车站。想必那年轻人心里更绝望了，他推开其他人，一瘸一拐地上了楼。剩下的人也在中年男人的招呼下坐下休息，等菜上桌，达瓦立马吩咐店员先招待着。

中年男人跟达瓦讲了讲今天的一些行程，领队男人不声不响地喝起了水。中年男人说起年轻人犯的错，原来那年轻人擅自脱离队伍导致摔伤，领队为此大发脾气。达瓦像是明白什么似的感慨着：“怪不得，这种错误可不能犯。”大罗却不甚认同，他也是登过山的人，在他看来，这点错误不至于如此毫不留情面，让人一辈子都不能再登山。

达瓦向大罗等人介绍，登山队的人也是为了今年转山而来。

两个桌上的人谈起今年要转的是白礼雪山时，气氛放松了下来。中年男人来大罗这一桌讨酒喝，露出手腕上一串黄花梨木的手串。达瓦向店员喊道："给胡马那桌送瓶酒，我请！"

"胡马？你是胡马！"大罗腾地站了起来。

"你认识我？"胡马问。

"久仰大名，您带的队是国内唯一一个攀登过白礼雪山的队伍，而且这次来的路上也听你们的人说起你们当年那次攀登过程，可谓惊险至极。"

"我们的人，谁？"

"我不知道他叫什么，看起来还挺年轻。"

胡马听后并无什么反应，达瓦却将大罗往回拉了拉说："胡马攀登过许多雪山，还有那次攀登卓奥友峰也很传奇。"

"还是登白礼雪山最传奇，我这一路一直有件事很困惑，我想是不是我记错了，报纸上说你们当年攀登完白礼雪山后就突然解散了，那次遇上雪崩后你们是怎么救下受伤队员的？你们当中有没有……"大罗还没问完有关许小满在他心里留下的疑问，就被达瓦一声刻意的咳嗽打断了，被摁回座位上喝酒。在达瓦示意下，他才注意到胡马难堪的神色，话痨的中年男人也不再言语。

吃完饭已是深夜，刘阿年出了旅馆朝南边的停车位走去，远处白礼雪山的山顶在月光下透出凌厉的白。刘阿年在夜色中看见车旁有个人拿着手电不知在做什么，突然，从车的另一边传来一声呵斥，拿手电的人立刻闪出车影外，关上车门顾不上脚伤一瘸一拐地折返旅馆，看见迎面走来的刘阿年也来不及说什么话，飞也似的逃回旅馆。从车的另一边走出来的正是胡马。

“看你把小孩吓成什么样了。”刘阿年朝车里望了望，原来是那名年轻队员在整理明天要用的装备，大概是想弥补过错以求胡马原谅。

胡马将捡来的一团树枝扔在地上，拿出打火机点燃，大概是风有些大，火苗总也烧不起来。刘阿年接过他手里的打火机，拢起树枝从底部点起，火光渐渐蔓延开来。

“你倒是烧得一手好柴，小时候没少帮家里干活吧？”

刘阿年愣了一下，递给他一支烟，又借着烧起来的火给自己点了支烟。

胡马道：“我这次来，纯粹是冲着转山活动来的，顺便爬个山，别给我搞些拖油瓶。”

“好歹人家也是训练过两三年的登山小将，不算拖油瓶。”

“麻烦！我就不该接通你的电话。”

“这话说得多冷血，认识你这么多年，我这脸面是一分钱不值哟。要不是拿转山当借口，我还请不动你这个大财主吧？”

“这地方忒冷。”胡马抽着烟瞟了眼白礼雪山，问道，“你干吗住这儿？住多久了？”

“咱俩第一次在这边见面后，我就落脚住下了，算算得有二十个年头了。倒也不是天天待着，一年出几个月差，爬几个月山，最后待的时间也都零零散散。唉，导致后来我邻居家那姑娘都结婚嫁人了，我都没时间去跟她约个会。”

胡马冷哼一声，刘阿年凑上前笑道：“你肯定在想，臭小子，我看你这辈子都只能打光棍！”

“你又知道？”

“当然，我可是有超能力，认真的。不信？”

“说来听听。”

“这倒是说来话长……我始终没搞明白，也不能说清楚，我身上与生俱来的能力到底是个什么鬼玩意儿。一开始，我能听见很多声音，感受到种种情绪，尤其是对身边亲近的人，所以从小我就知道怎么讨大人喜欢。书上说有种能力叫作‘心灵致动’，我傻乎乎地信了，不过后来越来越觉得那个概念与我并没什么相干。

“随着年龄增长，这种能力慢慢退化，声音渐渐微弱，情绪渐渐藏匿，我必须集中全部精力才能感受到一个模糊的轮廓，甚至有段时间这种能力消失了，就像你在一条错误的道路上越走越远，本身的灵性就会被世俗淹没。他们觉得我是在骗人，否定了我此前所有的感知，后来我也释怀了，说不定这是件好事，从今以后我能像个正常人一样生活了。直到那次，我来到白礼雪山下，送走你们登山队后，我又独自在这待了一段时间，我感到那种奇妙的能力又一点一滴地重新回到我身上，我一遍遍地尝试和这座雪山建立连接，但都失败了，它好像不会给你任何回应。

“在我决定离开白礼的前一天晚上，我受到一种强烈情绪的侵扰，醒来后顾不上穿衣服顶着风雪跑到了院子里，不知道要做什么，也不感到害怕，因为那股情绪是我曾经熟悉并深深感知过的。我还记得那晚，头顶上星光漫天，美得不像这个世界的东西，我在风雪地里不受控制地开始流泪。我的身体被那股情绪侵略，我听到它在对我窃窃私语，我试着跟它交流说话，但雪山呼啸，声音微弱，我和对方都像隔着一层厚玻璃，最终，由于我体内深处的自我保护本能，那股情绪被赶走了。在那之后，我多次尝试感知也都失败了，我发现是因为我与对方的连接早早断裂，天生的灵性也早被我那庸庸碌碌的生活侵蚀殆尽，我已经无法自如控制那股能力。

“于是我回到上海办理了退学手续，又回到临西跟父母告别，带走一些童年时候的东西（我相信我所需要重建的情感会在那些东西上有所遗留）。我爸妈疯了一样指责我、挽留我，我扔了手机，决定不再联系任何人。后来你知道，我去你那儿进行一段时间的登山训练，然后又花光最后一笔积蓄买了一台相机，学了摄影技术，做完这些事情之后，就回到白礼山下定居，直到现在。如今那股力量安然存蓄在我体内已经有好多年了。”

胡马静静地注视着刘阿年映照在火光之中的脸庞，想要抓住他一丝丝细微表情好戳穿他的谎话，但始终看不出有什么异常。胡马问道："然后呢？你感知到那个人了吗？"

刘阿年点点头，说道："这些年来，与他建立感知连接已经不再是什么难事……只有一次是我不确定的，那次我亲眼见到了他。"

在山下定居三年多以后，一个晴朗下午，刘阿年照往常一样去酒馆喝点小酒。正在暖洋洋的天色里喝得昏昏沉沉的时候，他倏忽而至，没有提前打声招呼，像常常能在路边碰到面一样，毫无预兆。一抬头，他就在对面坐下了，笑嘻嘻的。

刘阿年盯着他看了许久，醉醺醺的脸上挂着红晕，眼里渐渐噙了泪水。还没开口说话，刘阿年突然跑到了河边，刚要把头扎进冰冷的水里，又蓦地贴着水面停下了。是梦是醉，为什么要醒？于是回头，他竟然还在。

他嘲笑刘阿年："水那么冷，你干吗要往里面扎？喝醉了吗？"

刘阿年大笑起来，请他喝酒，请他到自己家里，请他看看自己喜欢的姑娘。那正是白礼山下风光最美的时候，湿润的风将山雾从山谷间缓缓吹来，大片的淡紫色花朵渲染着云霞，郁郁葱葱的水草摇晃着波光，一派醉人迷离的风光。

刘阿年和他站在一片草甸之上，说道："你来得正好，我有好多话想要对你说，想要问问你。因为从你离开的那时候起，我心里就有无数的疑问，不能得到答案。"

“你慢慢说。”

“你走之后，我在想，是不是有这么一种可能，我们每个人的道路都是早被暗中制定好了的，但我们仍旧被赋予了参与制定和自由抉择的权利。那么，我们所做的一切努力，能否超越原先的既定安排？另辟蹊径如你我这般，是否仍在那个被制定的界限之内？

“庞大的雪山之上那些死去的人们，遭遇意外事故令人可惜的人们，为了某种理想而甘愿献身的人，甚至是临西老城或者掉下去的夕阳……他们在濒死之际，是自我选择了死亡的命运，还是被命运导向了死亡？如果能够预感到灾厄即将发生，我们谁能跳脱出那样的既定命运？要怎么逃脱，从何时开始逃脱？

“我爸妈他们至今仍不肯放下我，多次打听我在什么地方，想要来找我。他们头发白了，还生了一场不大不小的病，我告诉他们我回不去，也无须再来找我。我有了我这一生要做的事，我要过两种人生，我要过你的人生，同时过我自己的人生。我就是想看看，在每一种不同的选择中，最终走向结局的那一刻，究竟是我们人为导向所致，还是既定命运里的人生无常所致？又或者，是一种我无法理解的、两者兼有的什么原因所致？曲寒投入世俗的洪流之中，忙着将未来生活变得幸福，那很好。我没有问过她，这是她自己的选择，还是一步一步顺从命运的结果。这确实不太能说得清。如果是后者，那我们所顺从的命运，在我们柔弱且毫无抗争力量的童年时待我们如此刻薄，又怎么会在我们成年之后，给我们这样安稳的、完全被自己掌控的生活？这不是很可疑的事情吗？我不知道她有没有意识到这一点，如果有所意识，却仍以自我意志干扰着生活，企图维持生活的稳定，那生活越是稳定富足，拥有的越多，她难道就越要时刻担心失去更多？”

刘阿年不断地发出疑问，絮絮叨叨，陷入无穷无尽、旁若无人的思索中。

“你先告诉我，为什么会陷入这种纠结之中？”他问。

刘阿年望着他，不知道怎么回答，双手无力地甩了甩，说：“我从前帮不到你们，自始至终也帮不到你们，唯有一点是毫无疑问的，我是个彻头彻尾的废物……”说完，刘阿年躺到草地上，酣醉睡去，一直睡到深夜气温骤降。刘阿年听到他的声音在唤醒他，催促他回家，但刘阿年睁眼醒来的时候，他已经消失不见。

夜色里的火光忘情跳跃着，胡马手指间夹着的香烟上断了一截烟灰，他一动不动，良久只道：“你喝醉了。”

“我不清楚。”

“我说，你刚刚在达瓦的饭馆里喝醉了。”

刘阿年笑着摇摇头道：“也许吧，你就当我喝醉了吧。”

胡马突然把烟头扔到地上，顿时恼火起来，刘阿年平时最怕他露出这样的脸色，刚要做出点什么解释，胡马直接上手拧他耳朵，斥道：“臭小子，敢在我面前胡说八道！皮猴德性！”

刘阿年急忙认错、连连求饶，胡马才松了手。刘阿年揉着耳朵抱怨道："我胡说八道你不信不就成了，以前年纪小，训练的时候成天不是挨骂就是被打，现在你还当我二十岁的小伙子呢？这要是让那群登山的小子看见了像什么样。要我说，就你这暴躁脾气，也不怪我那没用的许叔叔觉得你亏待了许小满，跟你争论了三年五载。"

"他为了什么争论，他自己知道。"火光摇曳中，胡马的眼前似乎浮现出了许桂中的模样，每每想起他，胡马心里总有一阵不爽快。实际上，两人只见过两次面。一次是2003年那年在白礼雪山下许桂中牵着五岁儿子第一次见面；另一次，是在公司门口他堵住胡马，为诗集研讨会争取资助，却被胡马当场赶出去。这事儿被人谈论起来，总是会引发一阵唏嘘和嘲笑。刘阿年却笑不出来。

"好了，不说他了。"刘阿年替那名受伤的年轻队员求情说，"再给人一次机会吧，至少不能让一个对登山充满热爱的年轻人从此就放弃登山，这对他打击太大了。"

"最好不要热爱登山，不要将它当作什么事业、理想，登山本身就只是一个运动项目。"

"你从什么时候搞起理论了？我不懂，倘若失去热爱，只当它是一项运动，那和跑步、打球有什么区别，有这种想法的人恐怕一开始就不会选择这种运动，更不要说千里迢迢冒着生命危险爬上去了。”

胡马专心地让火烧旺一些，像没空搭理刘阿年似的。

“哎，胡大爷你说说呗，你一直这么想的？”

“简直聒噪！小心我撤了你登山队的投资。”

“那你说，钱也花了不少，还只当登山是一个普通的运动项目？这说不过去吧。”

火烧旺了些，胡马起身看向白礼雪山说：“多少人说什么热爱登山，热爱这个那个，可像雪山，它根本不会在乎你热不热爱，也根本不会在乎你觉得攀登它有什么意义。所有的意义都是人赋予的，追问意义就像是在问自己，跟登山还是其他什么都没有关系。”

“那你这些年为什么还坚持攀登？”

“为什么？可笑，你活着又是为什么？”

“我……”刘阿年一时语塞。

“登山本身只是一项运动，但是人给它附加了无比重要的意义和理想价值，甚于自己的生命。这并非是山强加给人的，而是人强加给山的。人生是同样的道理，你给你要走的人生之路赋予它本没有的意义，使它高于你的生活，高于你的生命，这不是本末倒置吗？”胡马走向雪山方向，此时月亮落在了山头，他的声音低沉地伏在地面，他的背影融进山脚下黑暗无比的山林，有那么一刻，刘阿年觉得不是胡马在说话，而是雪山在给他回应：“凡是因恐于未知厄运而荒废年华、丢弃爱人的，凡是因自作聪明地居安思危而被关进理想牢笼的，凡是因过去的牵绊时刻警惕而强行制定命运的，都不足以言活着。”

进入后半夜的时候，只有餐厅的车厢亮着灯，想到各个车厢过道里的障碍，两人干脆留在餐车里过夜。曲寒从柜台那边买了瓶啤酒，想着喝点酒说不定还能让自己睡上一会儿。

“去过盛节？”许小满问。

“去过。”曲寒喝了口酒便后悔了，这酒难喝得反倒让人提起了精神，她继续说，“盛节是我丈夫……前夫的家乡，是位于湖南和江西交界上的一个小城市。每年他回老家看望老人，都会带回一包包家乡特产，有核桃、酱板鸭、腊肉、牛肉等，瑶瑶最喜欢火腿……”

曲寒也喜欢那地道的米粉。每当家里存货吃光了，瑶瑶都会念叨郑献什么时候再回盛节，或者自己给爷爷奶奶打电话，一边问候老人家，一边让他们催促郑献回家买特产，时而撒娇乖巧，时而又有些任性。曲寒常让她不要总向爷爷奶奶那样索要，这孩子却不听话，说“你不懂，他们喜欢我才这样”。曲寒全当她年纪小不懂事，多教育了几句，瑶瑶就不耐烦了，但每次郑献出来当和事佬的时候，她又会乖乖听话。

“想必这孩子更喜欢爸爸，不，现在看来也许是只喜欢爸爸。”

曲寒说到这里的时候，又突然想起来，自己这么多年只去过盛节一次。她说，十五年前她和郑献结婚，按照传统，郑献在家乡摆宴席款待乡邻，作为新人必须要到场。曲寒坐在乡邻妇女中间，听她们说着自己听不懂的方言，偶尔与她们目光交接之时又会瞬间移开。每个人脸上都是对新娘子的亲切和好奇的神情。曲寒不知道自己应该做些什么，只是静静地坐在那儿，偶尔配合着笑上一笑。大部分时间，她的注意力都在缠绕着门口柱子的葡萄藤上，那天天气很好，阳光照得葡萄叶发出透亮的绿光，像葡萄叶本身自发的光芒那样好看。原来，若想知道阳光的颜色就要问葡萄藤，就像你要看风，就要看树叶的动向，同理，我想知道他喜不喜欢我，就要看他的眼睛如何有光，他眼里的光如何荡漾。

曲寒想起那天宴席上郑献因担心她应付不过来而时时瞥来的目光，又接连喝了两杯啤酒，苦涩的味道反而渐渐变淡。

“那之后再也没有回去过？”

曲寒摇头说：“每年春节我们都会将老人接到北京来过年，或者选个地方带双方父母一起外出游玩。他倒是问过几次要不要一起回盛节，可我总是时间不凑巧又或者干脆不愿折腾……一次也没有回去过，他当时并没说过有什么不妥。”

许小满没说话，微微皱着眉头。

“我知道你是什么想法——哪怕是这样，也敢说对自己的丈夫是有感情的？一般都会这样想吧。不回去肯定有什么原因，嫌贫爱富或婆媳关系不好，又或者与丈夫感情不和，一定是哪里出了问题才会这样。可我想过，这些问题从来没有过，也不明白，回丈夫家和对他有无感情有什么关联。”

她以为郑献会理解她的想法，才一次也没有强迫过自己，更没有因此吵过架。可是在离婚前爆发的一场争吵中，郑献在崩溃边缘将内心的脆弱化成怒火，将此事提了出来，说她根本没爱过任何人，但凡是她不愿做、不想做的事，她都能以各种理由逃避，论谁也入不了她的眼，哪怕是看似最亲近的人……他还说，你活得太不真实，觉得能骗过所有人，包括你自己……你努力地让所有人看见你爱我，我是你唯一亲近的人，但那有多刻意，你真当我是傻子看不出来？……你无法面对任何事，却总装作无坚不摧，你拉着我们一点点沉下去，深不见底……

他体内像是有个怪物要挣脱出来，起初是抽筋剥皮，骨肉毕露，然而十五年的暗中侵蚀，里面早化成了一摊浑浊的水，摇摇晃晃，不见光亮，撑着歇斯底里的他直至虚弱的最后一口气。

那天的指责便是这样以他精神和身体的双重虚弱结束，他发泄出来的所有指责，曲寒还能一一记起，在他离开后，她自己也有过短暂的动摇：真的不爱他吗？从来没有过吗？这些念头在失眠时，也不时在她混乱的脑海里冒出来。她想从生活中大大小小的事情里举例反驳，可是为他做顿饭、生病时照顾他、和他睡觉，这些就能证明自己爱着一个人？

也许是瑶瑶的离开麻痹了心脏，她已经无法感知其他的感情，这些问题她甚至都不能通过感受自己的身心变化去加以求证。只能任由他发怒，看他在深渊边缘挣扎求救。

“是不是觉得很不可理喻？”对于不回丈夫家一事，对于许小满还在持续的沉默，曲寒只问出这么一句话。

许小满耸耸肩膀说：“怕不是摆席那天对环境心生抵触，想着干脆不去就能避免那些人情世故。”而后他不由得感慨，“如果可以，真希望那天我在现场，好歹你身边有一个能说得上话的人。刘阿年当时没去？”

“他连我们在北京举办婚礼都没来，他说他人在西藏赶不回来，可我分明是提前一个月跟他说的呀，总之，是他不想来。”

“他或许是生气了，在你我身上感受到的铜墙铁壁的瞬间，可能在那时还令他困扰。”

“但那次不一样，至少在那个时候，他的困扰并不存在。不过就像我不愿回盛节，我自然也没资格恼他。后来他回来找我，给我带了一幅龙凤刺绣，据说是青海那边送给结婚新人的贺礼。到现在，那幅刺绣还挂在我家客厅的墙上。”

“他送礼物总有一套道理，哪管你喜不喜欢。”许小满笑道。

关于刘阿年的光辉事迹，有很多是许小满不知道的，若要说起来怕是要费好些工夫，曲寒只简单列举了他在大四那年与父母协商不成，彻底背离他爸妈对他未来十几年的“发展计划”，由着自己的性子，成为一名野外摄影师的历史。

曲寒猜测他那段时间生计颇成问题，便偶尔往他账号里打点钱，也不知道他用没用。后来他寄来一本杂志，曲寒在那本杂志里面找到了他的摄影作品。他和一家地理杂志签约合作后，每每有摄影作品登载，他都会打来电话毫不客气地叫曲寒去买杂志。那语气简直就像在说，能亲眼观摩我的作品，是你运气好！后来不经他提醒，曲寒购买地理杂志这事儿也成了习惯，并延续给了瑶瑶。

多年来，两人见面的频率并不固定，少则隔一年，多则三年。曲寒想起自己刚在北京安顿后不久，两人在一家摄影馆里偶遇。与曲寒不同的是，刘阿年脸上既无老友重逢的惊喜，也无对命运牵绊的感慨，而是一脸木然。曲寒当时一度怀疑是自己认错了人。问他为什么会在这里，刘阿年沉默以对，将自己冲洗的一沓照片反扣过来，一股脑地塞进包里，似乎担心被谁看到一样。

那天空气闷热潮湿，厚重云层压得很低，看起来快要下雨了。两人在摄影馆外的休闲长椅上相对而坐，刘阿年毫无感情波澜地解释着自己来跟着一位老师进修摄影的事。

曲寒注视着他，暗自数着两人分别的时间，这大概是他们自相识以来分别最久的一次，在井楼挂断电话后的两年时间里，两人毫无交集。

那时他不用手机，对新潮的事物没什么兴趣，行色匆忙，旁人为俗事忙碌而追赶时间，他则像为了实施某个计划似的追逐着时间，督促它不要懈怠。不知道为什么，曲寒感觉因许小满离开而在自己身上产生的变化，在刘阿年身上也能看出一二，两人像是不约而同地患上了同一种病症。就连他和曲寒说话也无法像以前一样畅所欲言，屡屡突然中断，像断了信号一般。

曲寒起初以为，刘阿年正处于和父母斗争耗神的时期，所以才这样心神不宁，但仔细观察又发现，在他深深藏匿心事的眼神里分明还迸生出一股极度的执着，而且，他每次要说到许小满的时候，就早早中断。两人全程没有提过一句许小满，却好像始终被许小满拉拽着，总也逃不出熟悉的三个人的磁场。

因此，对话这样几番中断之后，曲寒问："我跟他早不联系了，你也倒不用这么避讳，想说什么直说就好。他怎么样了？"

燕子飞快地掠过低空，穿过刘阿年冗长的沉默，然后曲线轻盈地滑向街角，这时刘阿年开口说起许小满最近的动向。许小满告诉刘阿年，他在青海那边一家酒馆打工攒钱，前段时间跟着一个登山队去登了玉珠峰，山不算难登，但他经验欠缺，每次都坚持不下来，所以他现在准备锻炼锻炼，再去尝试一次。虽然和队友们认识不久，但大家都比较照顾他。队长是个冷面寡言的大胡子，听说他曾经有很多经验丰富的队友，但不知道为什么人慢慢都散尽了，只剩他自己还在坚持爬山。

那天，曲寒以为天空厚重的云层后酝酿着一场暴雨，就一直在等着，可是直到和刘阿年结束对话，也只是有几滴雨落下，甚至让人不曾察觉在下雨。

聊完没多久，因为还要和老师上课，刘阿年再次进了摄影馆。曲寒仍在外面坐了很久，好像还有什么话没说，想了想才发现，刘阿年离开时都没有说一句什么时候再见面，大概是着急给忘了。于是她坐在这里等，等到太阳落山，路灯亮起，外面下班的行人渐渐多了起来，曲寒还是没等到他出来。她进摄影馆询问前台，前台却告知："哦，他呀，一个小时前就和摄影老师出去了，大概是从侧门出去的，您没看见。"

"这样啊，谢谢。"

曲寒取走了自己的一寸照片，从摄影馆里出来。这天一早，从春阳寄来的大小包裹都到了，她一个人从邮递站点把东西一件件搬回出租屋，还没来得及好好收拾，就想起来第二天要给单位补交一寸照片，于是赶过来拍照。照片上的她扎着马尾，嘴角和眼尾毫无感情，似乎在和看照片的人互相审视和质疑。莫非刘阿年刚才看到的她也是这般模样?

摄影馆外的街道上，阴沉的云层压着汽车尾灯的红光，下班的人从路边建筑中走出来，大家脚步匆匆各有归处，没一会儿就填满了道路，不给眼睛半分的空闲。

雨滴渐渐大了起来，行人交错的脚步纷纷加快，曲寒站在人群中抬头看见路边一家蛋糕店，走了进去。店里有提供堂食的餐桌，曲寒点了一个六寸大小的蛋糕在桌边坐下，按往常饭量她定是吃不完，但那天她的心里似乎还有个更饥饿的怪物需要填满，如若不及时填满，恐怕连精神也要沦陷。短短十分钟，曲寒已经默默吃下大半块蛋糕。

雨还没停，她翻看起随身带的书《在美国钓鳟鱼》，这原本是本十分有意思的书，但那天她怎么也看不进去。硬逼着自己看了十来页后倒是有了倦意，便趴在桌上小睡起来。然而小睡并没有解除疲乏，梦里各种纷乱的意象把她的神经搞得疲惫不堪，也许是那本书的缘故，她在梦里看见一条溯流而上却不慎跃到地面的鱼，那条鱼在梦里反反复复地折腾自己的身体，最终还是睁着一双惊惧的双眼渴死在岸边。醒来的时候曲寒感到颈椎和手臂无一不酸痛麻木，那个怪物因此更加凶猛了，似乎在直直地往她的心脏上撞击。

此时窗外雨水仍未停歇，身后店员们在说话："天气预报说这雨要下个三天三夜，店里没啥客人，真是难熬。"蛋糕店里的音乐停了，店员也不再说话，只剩下窗外的风雨声，别安静下来，曲寒心里祈祷着。那撞击还在持续，身体不自觉地想要找到一个支点倚靠，因此她不断地往后缩，缩回到座椅靠背上，以至于身体蜷到了一个看起来颇为怪异的程度，她一点也不在乎。不过，她不停往后缩的状态引起了店员的注意，如果不是店员走来，她还想继续缩到身后那面坚实的墙上。店员询问她是否身体不适，曲寒却违反大脑的命令朝店员摇头说没事。

她将头放到桌面上，想到的是那个还没法落脚的出租屋，一室一厅，独立卫浴和厨房设备都还算齐全，比起井楼来要宽敞方便得多，但是不知道为什么现在很想回到那个三平方米的小屋，若是回到出租屋里，曲寒不敢想象会发生什么可怕的事。或许，可以找个其他地方度过今晚，这个城市里她还没有熟悉到称得上是朋友的人，只有那个叫郑献的男人前段时间做完阑尾手术后，又来过医院两次，自称为了感谢要请她吃饭，却被曲寒一口回绝了。曲寒想起他给自己留了个手机号，便打了过去，郑献接电话的时候声音很小似乎在开会，挂断电话十多分钟，他就匆匆赶了过来。

两人从蛋糕店出门一直走到郑献家楼下，其间他小心地撑着伞不让她淋到雨，偶尔扯上几句闲话，曲寒都只是简短地回应。她从楼下店里买了两瓶酒，问他介不介意一起喝酒，郑献摇头，两人便默不作声地一同回了家。

起初他们在客厅里一边看着电影，一边喝着酒，郑献很拘谨地坐在旁边，一瓶酒还没喝完，她就先吻了上去。窗户没有关好，半夜起了风，带着雨水的潮湿气味扑进房间里来，她紧紧贴近他的身体，在他的皮肤上寻求温暖。他对她一无所知，对一切的发展丝毫没有预料。他进入她的身体时看到她眼里那一瞬间的痛苦，是远超出身体的痛苦，他被吓到了，僵持着好久没有进行下去，那痛苦仿佛也通过身体感染给了他，他开始亲吻她的身体，以驱散那无边寒夜。

本来只是要说起刘阿年的近况，曲寒不知道为什么又想到那天的事，但也仅仅提及了和刘阿年相关的那个下午。

许小满想为刘阿年的态度做个解释，猜测说："大概是很久没见，他不知道怎么面对你。"

"我没有怪他的意思，而且后来几次见面，他的状态显然变化很多。"

结婚后的那次见面，曲寒突然发现，短短几年时间，刘阿年不知什么时候变了模样。虽然说不上是老去，但他的确像是跳过了人生中的某一个过渡阶段，从一个稚气少年变成了一个老成男人。轮廓模糊、皮肤粗糙，眼睛明亮且坚定，诸多细节，如今细细推测的话，都可以看作他追求理想生活而带来的变化，但偶然瞥见的他笑容里转瞬即逝的哀愁，让曲寒有些捉摸不透。

两人坐在一家餐馆里边吃边聊，曲寒手里是一幅品相还算精美的龙凤刺绣，但无论怎么看都像是从路边随手买来的。曲寒翻看了一下刺绣反面的标签，产地青海，问道："你不是去了西藏回不来吗？怎么又跑去青海给我带礼物？"刘阿年坐在对面扒了几口饭，含糊不清地说："我以前买的不行吗？"

"你是有多不愿意看到我结婚，送个东西就这么随意？"

"这话说得，你结不结婚跟我有什么关系？轮得着我愿意不愿意？”刘阿年要吵起来的一副架势，说完又点了份鲜肉包子、海鲜粥、煲仔饭、红烧带鱼，最后还说了句，“就当你给我补了一顿席。”

“从见面开始到现在，你的嘴就一直没停过，可算是把说话和吃饭这两项功能发挥到了极致。”

“谢谢哈，不过说来，你怎么突然想起来要结婚了？”

这语气问得好像结婚有错似的，曲寒反问：“为什么不结婚呢？”

“结婚又不是必须走的流程，不是人人都要经历的。你、怀孕了？”

“跟那没关系……”

“你果然还是怀孕了。”

“就算怀了也不是我结婚的理由。虽然你们没见过面，但你听我提过几次，大概也能知道他是什么人，他踏实负责，身上有难得的品质，为什么不和他结婚呢？”

“你喜欢的是他踏实负责？”他有意质疑，曲寒略微有些不快。

“因为一个人的优良品质而选择与他结婚，我倒也不能说有问题，但总觉得哪里怪怪的。拥有相同优良品质的人，有很多，为什么偏偏是他？除了对方身上的品质和杂七杂八的条件，肯定有什么特别之处吸引了你，由此，在感情得以建立和积累的基础上做出结婚的决定，这才算说得过去啊。”

“您经验丰富啊，难道每次在外面拈花惹草的时候其实想的都是要和对方结婚？”

“揶揄我没用，现在有重大问题的人是你。依我看，大多数离婚的人都是因为结婚的时候没把这些问题想明白，我可不是要让你离婚哟，这么大的罪名我担不起。我只是想，如果换作以前，你一定不会以这样的理由作为结婚前提。”

“也许吧，我让你失望了。不瞒你，在和他交往期间，我认真地考虑过其他男人，他们确实有的条件优越，魅力出众，有的身上具备极易让人心生好感的闪光点，可是他们唯一共同的问题是，都太在乎自己，过分地保护自己，在交往中充满试探、衡量、猜度，又因怀疑、怯懦和高傲而早早地切断关系。遗憾的是，连我自己也是这样的人。在你看来，郑献的踏实负责是平庸无趣，可在我看来，他身上那种循规蹈矩，是万般平常且稳固可贵的。更重要的是，像郑献那样明明白白地让我看见他全部的心的人，我只见过他这一个，至于这感情有多深，其实我并不是很在乎。”

对面的刘阿年少见地沉默了一会儿，只是擦擦嘴，也不再对此提出什么想法，脸上那似曾相识的哀愁再次浮现又消失。

“也许他在那时就意识到了问题，他怀疑，我这样的理由和郑献毫无保留的感情能让这段婚姻坚持多久。他起初总是提起以前的曲寒怎么样怎么样，有好多次我都想过，如果是以前的我遇到相同的处境，未必能比当时的我做出更好的选择，因为究其根源，一切都是从很久之前开始的，从那最初被视而不见的某一瞬间开始的。”

车厢内，乘务员的提示声响起，盛节即将到站。此时窗外天光清冷，朝霞横铺在东方大地之上。曲寒头抵在窗边看着朝霞，手里攥着空酒杯，神色疲惫，用近乎听不到的声音说：“还有时间睡一会儿吗？”说完便合上了双眼。

许小满注视着窗外的霞光，仿佛没看到曲寒睡去一样，自语道：“我也在寻找那一瞬间，以解救你的围困，但又希望不要急匆匆，还能陪我长久些。”

8

抵达盛节之后，赵老师打来电话说，学生中确实有个叫路致远的，但这名学生是八班的，跟瑶瑶不在一个班，不知道是不是曲寒在找的那个。

“现在那名学生已经转学，听他班主任说应该是回老家上学了。”

“是盛节吗？”

“您怎么知道？”赵老师联想此前志愿活动的地点，猜测曲寒要找的应该就是这名学生了。但出于教师的职责，她没再多透露学生的信息，况且曲寒要找人的理由多少有些牵强，这让她有些不放心曲寒到底要做什么。

挂断电话后，曲寒又打给林旭询问是否认识路致远，林旭有些意外，不知道她为什么问起那个人，林旭说，只知道路致远的学校，其他信息并不了解，然后问曲寒为什么要找路致远。曲寒大概从他那谨慎的回答中察觉出什么，便直接问起路致远和瑶瑶的关系。

林旭突然变得有些支支吾吾："他们……我也不知道他们什么关系，我不知道瑶瑶为什么总给他打钱……我明明说过让她离他远点，他会害了她的，可是她不听。"此时电话里传来林旭妈妈催促他上学的声音，林旭急匆匆挂断了电话。

他会害了她的。这是什么意思？曲寒拿着手机愣住了，胡乱猜测着林旭话里隐藏的不为人知的秘密。

长时间没有休息充满红血丝的双眼里，突然迸发出了不知从哪里夺取的力量，此前曲寒在摇晃的车厢里只睡了十分钟，分明已疲惫不堪。那股力量支撑着曲寒用短短一个上午的时间就找到了路致远的具体地址。他们先是通过路致远所在学校的老师了解到，路致远已经休学快一年了，现在不在学校里。

大概是看出曲寒的急迫心态，提供信息的老师不太敢披露路致远的具体信息，却询问一句："他是不是欠你们钱？"曲寒对那个陌生男孩的怀疑越发深重，许小满谎称是致远亲戚后，老师才让他们去一所小区里问问看。

上了出租车后，他们前往路致远所在的小区。曲寒脑中设想了几种有关瑶瑶和这个男孩之间复杂关系的情况，她已无心想其他的事，甚至跟司机说错了地址，绕了不少远路。

许小满聊起有关这个城市的话题，她往窗外一瞥，忽而又陷入了思索：这个城市她是否真的来过？

出租车驶上一座高架桥，城市依山傍水的景貌尽收眼底。从桥上驶出进入城市主干道，曲寒才略有熟悉感。从这条大道出发一直驶向城外，走个十多公里，会看到一片油菜花地延绵至一个青瓦粉墙的小镇，那就是郑献的家乡。

如今仍由这条大道穿过城市中心，餐饮、服装等商铺鳞次栉比，商业繁荣，街角却有自行车乱放，阻塞非机动车道，大厦和老楼交错分布，时不时能从大厦间隙看到老建筑，让视线落空下去。同十五年前相比，盛节的城市化进程显而易见，但不够成熟，又颇具恰到好处、不致让人生厌的人情味。

“真是个奇妙的城市。”许小满嘀咕着。

离开主干道驶向老城区，很快像进入了完全不同的世界。盛节老城让人印象最为深刻的是其错综复杂的街道，游客来到此地即便拿着地图，也需要好好在城内转上几遭才分得清方向。20世纪80年代那些欣欣向荣的民居建筑，经过几轮刷新仍无法遮掩衰老，如同思想的固化难以更改。窗台挂着的衣服在风中飘荡，街道上的饭馆常年发散岁月的味道，巷口打牌的老人则一年年地持续着名为打发生命的游戏。

出租车在一处六层小区门前停下，曲寒和许小满打听后将行李暂存物业处，跟随物业人员走进一幢老房子。爬上六层的时候，两人多少有些气喘，那名物业人员却丝毫不显疲累，想必负责这一片老房区域早就习惯了爬上爬下。

六楼两户中的一户大门敞开，物业人员敲敲门后冲里面喊了一句："致远，你有客人！"

"什么？"

"你有客人！"物业人员扯着嗓子又大喊一句。

里面一个男孩大声回应着："好！"随后并不见有人出来，也没有任何动静。物业人员似乎不愿意踏进房间里去，仅往里瞅了一眼便回头对曲寒说："进去找他就行。"说罢下了楼。

进了房间，他们看见狭窄的客厅被挤占得满满当当，因为除了简单的木质家具之外，客厅还摆放着占据一面墙的鱼缸，两三个鸟笼并非挂在头顶而是摆在桌面上，稍一走动就会碰到鸟或鱼的饲料。一辆轮椅背对着曲寒和许小满，走近后他们发现，椅子上坐着的是一个头发花白的偏瘫老人，老人的头微微偏着，嘴巴微张，双眼勉强睁开，有气无力地望着窗户方向，似乎根本没注意到有人走进来。

曲寒顺着老人的目光看向窗户方向，一个男孩大半个身子探在窗外，腰上绑着一根绳子，绳子另一端拴在厨房水龙头上作为安全措施。男孩模糊的身影在窗外修理空调，将空调修好安装齐全后打算回房，脚下却一滑，半个身子往下坠落，绳子霎时紧绷，看起来不怎么结实的水龙头晃了晃，发出细微沉闷的摩擦声。

不等曲寒和许小满反应过来上前伸出援手，男孩自己就扒住了窗户稳住了身体，喊了一句不知道什么意思的方言："绝杀！"

他跳下厨台安全回到了房间，仿佛将刚才的惊险不当回事似的解开腰间的绳子，收拾修理工具。这时曲寒才看清他的模样，一身脏兮兮的工装，头发炸毛，像是被大风吹的，又像是刚睡醒没梳头，跟他刚才修理空调的老练动作相比，他的脸显得过于稚嫩。年纪应该和瑶瑶差不太多。

"路致远？"曲寒问。

对方看了眼曲寒，回应一句："您稍等，我这边处理完了就带您去看房子。"

看来是把自己当成了客人，曲寒也不再说话，等他处理完眼前的事。路致远拿遥控器打开空调检测，确认吹风没问题后，对轮椅上的老人用难懂的方言说着什么，怕老人没听清又重复了两遍，曲寒从其中几个词猜出大概意思是，嘱咐老人有什么问题让保姆打他电话。

从老人家出来走下楼梯，路致远脚步轻快，双脚每一次交错都在不知不觉间跳下三级台阶，曲寒跟在他身后要紧着脚步才能跟上。他一边快步走着，一边和曲寒说话，似乎惯于把自己当成和对方同一年龄段的大人，没有什么多余的礼貌和客套，也没有年龄差距带来的生疏感。相反，每一句话都很直接。

"您是外地人吧？盛节人口音重，说不了那么标准的普通话。外地人到盛节来买房子，多是为了养老，您看着也不像着急养老的人，不过疫情之后房价确实有所回落，倒是可以在这时候入手，但我更建议您去新城区那边买，老城区拆迁成本高阻力大，政府丝毫没有开发的动静，所以您想等拆迁实在风险大。别看盛节是个小城市，但只要新城区各楼盘开盘，房价也是说涨就涨，您现在若打算买的话，不用担心周边设施的问题，尽快下手房价至少能翻一倍……”

曲寒跟上脚步问：“你到底是做什么的？”

“我什么都干。在物业当临时工赚点外快，修理家电、打扫卫生之类，我也卖房子，但我不是中介公司的正式工作人员，这您应该看得出来。我帮一个做销售的亲戚卖房子，就是您联系的那位，今天他时间错不开我帮他卖，也从中拿点分成。不过您放心，到时候您签约买房走的一定是正规手续。您可千万别往外说，要不然被发现了可是会被处罚的。”

他们走出楼房，阳光猛烈地泼下来，路致远抬头望向那些依山而建堵死天际的新城区楼房，突然发出疑问：“您说，让人花大把的钱买来的一套一套房子，到底给了谁理想的生活？”

“什么？”

很明显，他并非真的是在向曲寒提问，似乎只是单纯的感叹。然后他继续带着曲寒往前走去，走近的时候，曲寒闻到他身上有一股墨水味道，还注意到他那双稚嫩的手即便洗过仍有顽固的黑色泥垢，他习惯性挽起袖子时，露出一道紫黑色的瘀青。

“其实我原本可以做其他工作，但自从疫情之后，市场上这种兼职很难找到。我之前在开发区的科特机械厂里工作，那是整个盛节唯一一个世界五百强的大厂。还以为找到了多好的工作，进去才知道那根本不是人待的地方，流水线二十四小时开工，工人两班倒，每天站立十一个小时，一天下来腿直打摆子，绝杀！我只在那坚持了三天，更何况，我还听说，上一批工人试用期到了不给转正，拿人当临时工使，用最低的价钱买一次性劳动力，我想也不想就跑人了。”

看到小区里电动车乱放在路边，路致远将乱放的电动车挪到监控区域下的车棚位置，嘴里念叨着：“小区门口的监控坏掉了，因为这好几辆电动车丢了都找不到，说了几遍就是不愿走两步放到车棚去。”

在眼前这个有些话痨的男孩停止说话的间隙，曲寒被疑问萦绕，他倒是说话直接敞亮，没什么城府和掩饰，在很短的时间里不断地透露自己的信息，甚至是容易被骗的类型，时不时发出难解的观点也让人觉得他的交流发自内心，完全让人放松了警惕……在见到他之前，曲寒可没料到他会是这么一个人。再想起林旭那些让人心惊胆战的话，曲寒决定还是谨慎看待。

广场那边孩子踢的足球滚到了路致远脚边，他熟练地以脚颠球，来回耍了两下花招，才把球给孩子们踢回了广场。他对孩子们吹吹口哨、抬抬下巴：“绝杀吧？”这个方言单词仿佛是他的口头禅，曲寒大致可以猜出那是“厉害”的意思。

停好电动车后，他又从车棚推来一辆款式比较老的摩托车，车上贴着动漫人物的贴画，他对着后视镜哈了一口气用袖口擦干净，将一顶头盔递给曲寒说：“上车吧。”

“去哪儿？”

“您要去的小区离这两条街呢。我还以为您今天去那边会合，哪知道您还提早到这边找我了。”

曲寒回头找许小满，却忽地发现身后并无许小满的踪影，他连同那只白色小猫一起不见了。从下楼到车棚的这段时间，曲寒丝毫没有察觉到他是在什么时候消失的，在这一刻之前，曲寒一直感觉得到许小满跟在身后，尽管他一句话也没说，或者说了，只是声音低到可以忽略的地步，或者被远处汽车鸣笛声掩盖。但曲寒确定，他一直跟在身后。

“跟我一起的人呢？”经曲寒这么一问，路致远才回头一脸茫然地张望说：“刚刚不还在呢……”看他那神情，似乎是才想起还有那么一个人。曲寒心想，或许像在饶城火车站一样，他又一声不吭独自去做什么了。路致远看看自己的电子手表，似乎在赶时间，提议看完房子再将她送回来找人。

路致远载着曲寒穿过老城区的街巷，街道上疏于打扫，车子驶过时卷起一阵落叶和尘土。路边一排小吃店已开始着手准备晚上所需食材，外卖骑手坐在各自的车子上，在荒芜时光里等待，往前是一片被围起来的修整道路的工地，里面的机器永不疲惫地嘶吼着。这里让曲寒想起了临西老城，因其相似的命运，她也预感到了盛节老城区未来的发展，她忽地明白了自己为什么只来过这里一次。

摩托车发出突突的声音，呼啸驶过街头，路致远侧过头来大声问曲寒："您是做什么工作的？"

"我是医生，不过也很快不是了。"

"医生？医生多好，算是收入比较高的工作，买房对你们应该没什么压力吧？"

"也不是，看在哪些地方了。"

"我想过了，将来即便我考上一个不错的大学，干着一份不错的工作，也有可能被房贷压得喘不过气，像我爸一样。如果我这辈子只能拥有有限的财富，那我一定不会把它们都花在一套房子上。"

"你年纪轻轻，为什么连学也不上了，执着于赚钱？"

"我只是休学一年，赚够了钱还是会去上学。考了大学我想学天体物理专业，想研究一点这生活里没有的东西，或者音乐也可以，学好乐器考音乐学院，努力到国家大剧院去演奏！"

轰隆隆的摩托车声和呼啸的风中，路致远用力大声地说着本不是什么宣言的话。

车子停在一个路口等绿灯，一个穿皮衣的男人骑着一辆电动车七扭八拐地从轿车之间穿梭而过，从那轻浮的行动路线或是染了颜色的头发，曲寒判断那可能是个年纪不大的男孩。他从路致远身旁呼啸而过闯了红灯。路致远看到挂在车后座上的学生班级姓名名牌，认出是那小区里一个女学生的电动车。他立即侧头问曲寒是否时间方便，他现在有个急事。

没等曲寒问个清楚，他已经骑着车子闯了红灯去追那皮衣男。路致远一路避开车辆，速度加快，眼看要追上了，却见那皮衣男回头张望一眼，也加快速度往旁边巷子里拐进去。路致远跟上他，疾驰在上坡下坡的巷子里，曲寒紧紧抓着他的衣服还不知发生了什么。

皮衣男知道自己盗车败露，慌张逃窜，在巷子里横冲直撞，险些撞到人，身后的路致远速度不减紧紧咬住他。皮衣男在错综复杂的街巷里故意绕圈子，却总是被绕近路的摩托断了去路，皮衣男自知逃脱不了，索性丢下车子逃走，谁知路致远仍不罢休，非将他扑在地上猛地抓住。曲寒远远地在停车位置看过来，一时对眼前状况感到不解。

路致远将皮衣男翻过身来，冲着他问："小区里的其他电动车是不是也是你小子偷的？"话刚出口，路致远双手便泄了劲。皮衣男摘下脸上断了一只腿的墨镜，一把将路致远推开，正如当年在初中教室的后墙一把将他推开那样。

两人从小就认识，路致远比阿宇家境好些，在盛节这个小地方，阿宇的一切都只能说是在一条看不见的标准线上起伏。上了初中后，他和其他孩子一样，玩起了父亲或某个长辈留下来的手机，跟暗恋的女生通信，路致远每天都听他说起游戏和视频的新鲜趣闻。后来，路致远在转学前第一次去北京游玩，他才看见他当初以为的那条线其实只是一粒如同在灯光下浮动的若有似无的尘埃。没人告诉他们，能被光能吸引、诱惑趋向光而不知灼烫的，只有闷头冲破尘埃以为冲破障碍却一头撞上墙的他们这群人。

路致远给阿宇带回了礼物，给他看图书馆的门票，还有他们曾经在课本上看到过的艺术品的展览纪念品。在路致远说着这趟出行的见闻时，阿宇却狠狠地一把推开了他，收拾好书包，把一代又一代传承的局限装了进去，然后踏出校门，再没回去过。

阿宇起身拍打干净身上的土，说："前两天你在东山路又挨揍了吧？我了解小赛哥那个人，你一天不还钱他就一天不让你安生。这车子要不要给你？去前面旧货市场能卖个两三百块钱……别这样，好歹你回来了我也能照应点儿，要不我帮你说说情，别搞不好小赛哥下次直接去找爷爷奶奶了……"

曲寒走近，断断续续听见他们的对话，见他们动手推搡起来，心里猜测路致远准是因为赌博或玩游戏欠了别人钱，所以为了弥补那巨大的空洞不断打工，甚至也威胁瑶瑶给他打钱，胡乱造作干净。他是一个极易获取别人信任的人，所做的一切背后都有目的，所有的言行举止都有设计，如果不是那偷车的男孩认识他，说不定他抓到小偷会跟小偷一起分成拿钱。曲寒一边想着，一边挠痒，耳后和脖颈处像是被虫子叮咬一般苦痒。

阿宇甩了路致远一拳后，撂下一句狠话，然后头也不回地推着赃物离开了。放任阿宇逃走后，路致远回头撞上曲寒那带着敌意的目光，他也不打算解释，只说继续送她去看房子。曲寒拒绝了，语气坚决地说道："我有事要问你，换个地方。"

路致远不太理解，带她离开街巷回到主干道上。此时正赶上下班高峰，老城区交通开始堵塞，这情况一般到晚上七点多才会缓解。路致远经由巷子转回到来时路上的那条小吃街，两人在一家米粉店前坐下，从这里朝新城区远远望去，磅礴的日落光辉从西山高楼的空隙倾泻到城市之上，新城区林立的大厦熠熠生辉，仿佛天边遥不可及。而处于地势较低的山下老城区则大部分处于高楼的阴影之中，街道、房屋，甚至连行走的路人都一一失去光彩。

路致远一边给曲寒倒水一边道歉，对刚才发生的事只字不提，只说耽误了她的时间。"等会我还要去印刷厂上夜班，您的房子我给您安排明天再看行吗？我请您吃顿米粉，您多谅解……您看起来脸色不太好，是不是生病了？"

"你在北京上过学？"曲寒发问。

"您怎么知道？"他有些惊讶，问是不是物业那位同事告诉她的，曲寒没回答。他承认确实在北京上过几年初高中，不出意外的话，原本是打算在那边读完高三考大学的。

“可我有我的打算，生活有时候就像……”他指指旁边关门的一家店，“就像你打算今晚吃三杯鸡，但是店关门了，就换米粉填饱肚子，顺其自然的事。”此时两碗米粉端上来，路致远兴致勃勃地搅拌好，刚要一口吃下去，看见曲寒一动不动，便将自己那碗给她，自己再拌一碗。

“你这么缺钱，在北京的同学里面有人借钱给你吗？”

正吃着米粉的路致远听见这问话，摸不着头脑，一边嚼着米粉一边反应了一会儿说：“您是想问我有了困难会不会求助朋友是吧？他们条件确实比我优越很多，但我和他们没什么联系，虽然不是在否定别人，但我在那里……就是没什么朋友。”他埋头吃饭，转而似乎又想到了什么好玩的事，咽下去一大口米粉后说：“比起人来，我倒更喜欢那个环境，什么博物馆、展览馆，还有画展、话剧，有什么新鲜东西就可以随时去看。

“我在北京的那两年常去离学校不远的一个排练室，那本是一家提供表演教学，给周边学校提供场地的排练馆，后来经营不善关门闭店了一段时间，再开门时就改建成供乐队练习的场地。

“场地门口很简陋，连个牌子也没有，从那里经过的人根本不知道那是个什么地方。很多人都会把乐队排练室当成偶尔的娱乐场所，但这个排练室因为定价低廉，不会提供什么餐饮服务，吸引来的也都是需求简单、只玩音乐的乐队。有大学生乐队，也有90年代火起来又消失无踪的乐队。

“场地内有很多隔音小房间，每个乐队租一个房间，按小时收费。其中一两个房间隔音差价钱低，总会被人抢先用，他们倒不会因为谁抢先而吵起来，但吵架的原因总是千奇百怪，遭遇创作瓶颈心情烦躁的时候，就会以旁边房间隔音差为由去拍门大喊，他妈的，能不能小点声！里面正在创作中的乐队莫名其妙，玩音乐怎么小点声？彼此不熟的，被拍门的乐队可能会唱起重金属音乐故意反击，相熟的正赶上彼此都很烦躁，打开门就直接对骂起来。我作为兼职员工，工作内容就包括处理这些矛盾，有时候是不同的乐队两三帮人一起吵，有时候是队内成员吵架，有时候他们还跟房东老板吵起来，他们脾气火爆，经常口吐脏话，但时常又像个小学生那样刚发完脾气，为了点外卖凑单就和好了。”

说着，路致远那碗米粉很快吃完。他抹抹嘴笑着说：“我在北京最喜欢的地方就是那里，它打破了我对那个城市的印象，原来在这个沉闷无声、大家只顾埋头前进的城市里，居然还有这么一个地方，躁动有趣。

“但是也有人不像我这样想，我的一个同学，也是我为数不多的朋友之一，说他们活得很糟糕，他们在工作日是基金经理、是房屋中介，只有在周末才是自己。他们或为养家糊口精打细算，为房租、工资还有孩子的补习费发愁，或者人到中年仍独自一人，然而这一切只是为了他们精神上的一点满足。在这个城市挣扎数十年，他们侥幸地维持着生活，经不起任何风吹雨打，没有任何抵抗风险的能力。你能想象变故来临时他们的样子吗？

“我那个朋友成绩全年级第一，父母都是高级工程师，从各个方面都超出我一大截，我承认他的想法有时相当卓越，我甚至可以预测几年之后他会如何在社会上如鱼得水，爬到自己想要的位置。我甚至有些认同他的观点，他的那些话我到现在仍记得很清楚，但我想到了我自己，还有我爸。从那以后，我就不再和那朋友来往了。”

“你那个朋友叫什么？”曲寒心里已经有了答案，只是想从他口中得到确认。

“您怎么总问这种问题？”路致远停顿片刻观察了一下曲寒，但显然并没打算从她那张时刻质疑的面孔里得到回答。他说，“您认识吗？他……他叫林旭”。

街道上的车辆相互交错地鸣笛驶过，夜市摊位上也渐渐有人上座，曲寒是忽地发现了身边的种种嘈杂，就在路致远说完的那一瞬间涌上来的。她起身时只说了一句：“我会再来找你。”说罢就离开摊位，前往暂存行李的物业。

曲寒在小区门口不远处的一家旅馆住下，一进房间，先打开了窗户通风，然后打电话给林旭，无人接听后又打过去两次，才被林旭的妈妈接起来。林旭的妈妈听到是曲寒后，语气有些犹疑地询问发生了什么事，曲寒正不知怎么回答的时候，林旭将林妈妈叫走，随后接起了电话："喂，阿姨是我。"

曲寒坐在旅馆的床边问："林旭，你早上说的话是什么意思？你是不是在骗阿姨，我见到了那个路致远，但他怎么看也不像会勒索人钱财的人，你是不是……是不是因为和他关系不好，才说了那些话？"

电话里面响起关门声，大概是林旭进了自己卧室打电话，林旭顿了片刻才回应："他、他跟您说什么了？"

"倒也没说什么，大多是关于自己的事。"

"哦……阿姨，我跟他关系确实不好，但是您知道吗？我也是因为瑶瑶才决定不跟他交朋友的。他总是带着瑶瑶去一些乱七八糟的地方，带瑶瑶见一些社会上的人，两人还逃过一次课。瑶瑶特别单纯，我总担心他会对她做不好的事。"

他这话让曲寒心里一惊，不单单是他的猜测，还有他能说出这番话本身也让曲寒有些意外。

"所以我才说了那些话，阿姨，我想问问您为什么去找他？"

"我只是回趟瑶瑶的奶奶家，顺便见一见这个孩子，瑶瑶之前跟我提过他。"曲寒撒了个谎应付过去。

"原来是这样，您最好还是不要太相信他，他是个两面三刀的人，我跟他认识有一段时间，这我清楚。而且我现在特别后悔把瑶瑶介绍给他认识，如果不是他，也许瑶瑶那天下午根本不会去那个什么排练室，也不会坐上那趟公交车……”

“好了。”曲寒及时打断了林旭，也不知道最后自己说了什么，就挂了电话。她身子滑到地板上，疲惫地靠在床边，想起许小满仍不知踪影，拿手机准备打给他时才想起他根本没有手机。

因为房间紧挨着街边，街市上的嘈杂灌进房间里来，突然，窗外一声刺耳的急刹车声将刚闭上眼打算歇息一刻的曲寒惊醒，她连忙扑到窗前将窗户关上，看到楼下只是一辆驶过的汽车为了避让横穿马路的行人而紧急刹车，她快速的心跳才慢慢平缓下来。瑶瑶离开后，她无法再听到这种声音。

她走进洗手间，用冷水洗了一把脸，想起今天后颈处的苦痒，于是脱下衣服察看，却什么也没有看到，连抓挠的划痕都没有。她打开行李打算洗漱，却发现药不见了。那三瓶从精神科同事那里要来的安眠药，出发之前她分明放进了行李箱里。曲寒回想了一下，弄丢的可能性不大，除她以外，只有许小满碰过箱子，那么一定是许小满偷偷藏起来或者扔掉了，也许就是在火车站外行李箱摔坏轮子的时候。

想到许小满，曲寒还是有些不放心：为什么他总是一声不吭地消失？难道还有什么不能告诉她的单独行动？那么大一个人了，总应该知道自己找个地方过夜吧？可他又没有钱，还能去哪儿……

她穿上衣服出了旅馆，来到那个老旧小区附近边走边张望着。她突然意识到，尽管他们时隔多年还能相逢，可如果他又消失了，那她仍然没有丝毫的线索找到他存在过的任何痕迹。

街道上渐渐安静下来，只有远处那条她刚才和路致远一起坐过的小吃街上仍然人声鼎沸。曲寒打算找一找许小满，于是一路走向路灯黯淡的街巷，因两边居民楼窗户里灯光幢幢，照亮着前路，小巷也就不使人有什么忌怕。她走进路边一间小超市买烟，老板一家三口正围着一张饭桌边看电视边吃饭，老板给曲寒拿了一盒烟，曲寒边付钱边问："你们在吃什么？"

老板回答："我老婆炒的腊肉、板鸭还有毛豆，是不是很香？"

"还有吗？我……能不能买一份？"

这家人齐齐愣住，看曲寒也不像是开玩笑，那妻子从小门进了超市后面，拿出来一份饭盒，她将饭盒里的腊肉倒进塑料袋里给曲寒，很和善地说："就剩这些了，有些辣，你将就着吃吧，不要钱。"

他们的方言曲寒不是很难懂，但她还是多付了一些钱，道了声谢谢后离开了。那家人互相看了看彼此，善意地笑笑，回到桌边继续吃饭。

曲寒从超市出来后继续往前走，也不知到了什么地方，路边正好有一家便利店，门前摆着几张空桌椅，曲寒从店里买了筷子和一罐啤酒，在外面一张桌前坐下，开始吃那份腊肉。果然如同她猜想的那样，很辣，以前为了照顾家里人的口味，郑献总是会少放些辣椒。这味道有许久没吃过了，她忍不住连着往嘴里夹了好几口，隔了两秒辣味瞬时蹿上喉咙，她猛地咳嗽起来，连眼里也憋出了泪，脸色通红。街边寥寥行人朝她这边看过来，曲寒没在意，咳嗽稍缓后吸吸鼻子，继续埋头一口接一口地吃着，只因这味道能让坐在冬天寒湿的空气里的人身上暖和起来。

9

旅馆楼下有一家包子铺，曲寒吃完早饭后就一直坐在窗边位置，等待路致远从对面小区里走出来。她心里是怀疑林旭的，但也信不过路致远，比起后者，林旭那孩子毕竟也算是在她眼皮子底下长大的，是瑶瑶从小到大的好朋友，因而，即便他说的话没那么让人信服，也多少会影响曲寒的想法。

如果能直接去问路致远就好了，但曲寒总也开不了那个口。她需要确认他至少是一个品行诚实的人，才能相信他对自己所说的话。因为她不仅仅想知道他跟瑶瑶是什么关系，也不仅仅是想问瑶瑶为什么每三个月转五千块钱给他，她打过来的钱，他都用来干什么了，为什么要接受一个女孩给他的钱……不仅仅是这些，还有一些像郑献、林旭这样相识很久的人无法轻易告诉她、难以说出来的话，她想从别人的嘴里得到确认。

第一天，他结束小区的日常打扫工作，骑车来到附近一个小区带着客人去看房子，结束这边工作后，又接了电话换回工装去修理小区住户家里的水管，到了晚上他在路边米粉店囫囵吞了两大碗米粉后，赶往城西的印刷厂。门口有保安站岗，曲寒无法进入，但她从保安那里了解到，工人下夜班的时间是凌晨四点。

印刷厂建在城西的一所中学附近，在门口就能闻到油墨的味道，从剥落的墙皮、红色油漆方格窗户以及建筑上简洁的雕刻装饰，曲寒猜测它诞生于20世纪80年代初。

厂房里机器已更新大半，一部分使用了多年的旧机器被留了下来。白炽灯下，众多机器持续发出巨大的噪声，路致远头三个小时一直使用旧机器印刷中学的月考试卷，这种试卷对纸质和油墨的要求不高，印起来不会比册子等印刷品麻烦，但也因此，路致远手上总会沾上洗不净的油墨。这样头也不抬地工作着，直到半夜十二点的时候，他才和工人去食堂吃夜宵。一般这个时候他胃口很大，相熟的同事、师傅没什么食欲的时候，会将没吃几口的饭菜全给他，即便是两个成年男人的饭菜分量，对他来说也不算多。吃完饭继续工作，印刷质量讲究、操作复杂的册子或纸箱，这部分工作是他当学徒当了三个月才被允许上手的，如此一个晚上下来，他可以赚180元到250元不等。

凌晨四点，他跟随一批工人从印刷厂下工，冬天的凌晨，冷到骨子里的空气让人连张口说话的欲望都失去了，大家互相递个眼神也就散去了。若是春夏，凌晨四点正是空气最让人舒适的时候，有时候他会在公园长椅上躺着，周身尽是花木青草的清凉香气，一不小心就会睡过去，直到满树的鸟儿们唧唧喳喳开会的声音把他吵醒。它们常常聚在一棵树冠里，经历长达几十分钟的开会分配任务，或许还有早上问好或闲拉家常，而后陆陆续续朝不同的方向飞去，就像他们这批刚刚结束工作的工人。每当被吵醒的时候，他抓抓乱糟糟的头发，睡眼蒙眬地望着天上匆匆飞走的数十只鸟儿，冒出一句："绝杀！"但像这样的冬天的早晨，他就毫无兴致，早早回家钻进被窝睡个暖和觉。

曲寒观察的第二天，他的生活如昨，第三天仍是如此，可以说，连着三天，曲寒除了了解到他固定不变的工作内容，毫无所获。他那位高中老师说他休学有一年时间，因此她猜测他这一年来日日如此，荒废学业拼命赚钱。她不知道接下来还能怎么做，只能继续等待下去。许小满直到那时也仍未出现。

在第五天的时候，她看见路致远突然从小区里飞奔出来，挂断手里的电话后骑上摩托往城西方向疾驰而去。正当中午，并不是他去印刷厂打工的时间，曲寒察觉很可能发生了什么事，于是紧随其后赶到了印刷厂，刚在门口做好登记，突然有人从厂内跑出来叫保安，嘴里喊着："有人闹事！"

曲寒跟随保安进入厂内，在被工人围住的主任办公室门前，曲寒透过门上玻璃看到路致远在办公室内翻箱倒柜，先是找出了烟和打火机，又砸开了上锁的书柜，翻找里面的文件。主任在门外火急火燎地拍门警告，要保安砸门破窗，把路致远抓去派出所。路致远一顿搜找后，终于找到了一些文件，那是同打火机一样被工厂严令禁止、私下却被工人议论到众所周知的秘密——主任偷工减料，换掉客户指定颜料的账单。路致远将这几样东西用手机拍下来。

曲寒从工人口中了解到事情原委，原来路致远赶来着急要回拖欠工资，主任却以各种理由加以克扣，整整一个月的工资最后算下来只剩几百块钱，情急之下，路致远冲动地闯入办公室翻找主任违纪的证据。

但当路致远将这些翻找出来的证据摆到主任面前的时候，主任不仅没有惧怕，反倒威胁路致远说，事情即便暴露了，自己也不过是被上级罚点工资，而路致远则一分钱都别想拿到。工人们都清楚这里面暗藏的利益关系，同情起路致远来。

那孩子一下一下地遭受推搡，被主任逼至角落，曲寒看了着实可怜，于是拿起桌上的打火机，在所有人还没明白即将发生什么的时候，她推开人群走到了即将交工的几千本画册边上，她看着众人，眼神平静。因而，当她将点燃的打火机靠近画册时，众人无不惊慌并任其带走路致远。

从印刷厂拿了钱出来，路致远载着曲寒赶往新城区的医院。一开始，两人沉默着穿行于老城，行至一半，路致远突然大声说起话来："我爸为了让我在北京上学，花光了我爷爷的养老钱，又卖了老家的房子，加上他十多年来攒的工资，终于凑够了钱在北京买房落户，我也跟着到北京上了两年学。我刚上高一不久，爷爷突然被查出患了肺癌，您是医生，知道这病有多难治，手术、化疗、复发……我爸妈一边还房贷一边供我读书，一边还得给爷爷买药和做手术，多年来攒下的积蓄，花光只用了半个月。

“我想让我爸卖掉房子，他不肯，说扛扛肯定能过去。我不相信我爸，就像他不相信这病治不好一样。当时在我身上发生了一件事，让我决定离开北京回家来上学。后来爷爷病情复发，我爸打过来的钱越来越少，他从来不肯说自己遇到了什么难题，只是一遍遍地说过两天再过两天，我妈说他在公司的项目破产了，自身难保，所以我决定休学一年去赚钱。”

那位瘦骨嶙峋的老人深深陷进病床里，几近消失，路致远交完钱后，在病房外等待老人化疗结束。他蹲在墙边，双眼死死盯住那扇门，像只躲在角落在等雨停的比格猎犬。化疗前，曲寒从和医生的几句交流中，大概知道老人的病情已经希望渺茫，这孩子想必也清楚。

“您在医院应该经常看到病人去世的场面吧？那他们走的时候痛不痛苦？”路致远问。

“因为生病而离开的人，大多走得不是那么平静。”

“那我现在让他一遍遍地化疗，是不是在延长他的痛苦？”

曲寒无言以对。他又说：“如果有一天我没有那个福气平静地在睡眠中死去，我希望可以用一种快速的方式离开，因为我怕疼。”他的手似乎在摆弄什么小玩具，手指翻转间闪露出金属光泽，啪的一声，玩具从他手中掉落，曲寒看清了，那是两条套在金属圈上的银色金属片，戴在手指上将类似于羽毛或树叶的金属片在指尖旋转，是一种指尖玩具。

血腥气突然弥漫开来，曲寒下意识地看向病房，不是那里面传来的，血腥气是从楼下的急救室爬上来的。

“您到底是谁？您不是来找我买房子的，为什么今天会出现在印刷厂？又为什么会帮我呢？”路致远问她。

“你没有闻到血腥味吗？”

“没有。”

“楼下是急救室吗？”

“不是，楼下只是普通病房。”

“我看到了。”

“看到什么？”

“手术室外面的家属等候区里有一台电视机，里面正在直播公交车事故的新闻。我让助手叫回正在休息和放假的医生，因为很快那些事故中的伤者就会送到医院里来。但我当时要准备一台手术，预估长达五个小时。在手术进行不到一半的时候，突然有人跑到了手术室的玻璃窗外，是我手下的实习医生，助手出去跟他说了什么之后，问我能不能让出人手来，现在急救室已经陷入灾难，他们人手不够。我尽力让出了两名助手和一名护士。

“我抬头往外看，那个实习医生还没走，她看着我，突然流了泪，然后转身跑走了。这不怪她，她知道那场手术只能让我做。我突然想起了什么，直播里公交车的线路数字，还有实习医生的眼泪。有几分钟，我根本控制不住自己的手，它一直在颤抖，我的助手提醒我很多次，我才稳下来。

“手术室就在急救手术室的隔壁，我能听到什么——我没有骗你，我的丈夫也不信我——我听到了她好像在跟我说话。但事实上，当时她正躺在病床上静静地望着白炽灯的灯光，鲜血浸透了身下的床单，周遭的哀号和忙乱的脚步声紧密地撞击着，她的嘴巴微微张着却发不出任何声音。他们说原本有希望救回，但不知道为什么，所有的生命体征数据在同一时刻全部急速下降……她安静得仿佛月色下即将沉没的轮船，无声无息地沉入了黑暗……”

“您去哪儿？”路致远的声音响起。

“她在叫我过去呢，你没听到？”

“您不要乱走，现在我要去看看爷爷了，您不要自己乱走。”

“放心吧，我只是不能再在这里待着了。”

曲寒推门进入楼梯间，她跌跌撞撞一圈圈地绕着走不到头的台阶，想要离开这幢住院楼，摆脱那股弥漫在空气里的血腥气。她想起，那天做完手术后她跑向急救中心的手术室，想要打消自己那些关于灾厄的想象和莫名其妙的预感，然而她在门口见到了郑献。郑献脸上凝滞的悲伤对她来说是确凿无疑的打击，她久久不能忘记那张面孔。

那次事件过后，医院为所有参与事故抢救的医护人员进行表彰，曲寒也得到了一张荣誉证书。颁发给她荣誉证书原本是院长对她的安慰和鼓励，然而那张证书抱在手里曲寒只觉得扎手，它作为强有力的佐证，无时无刻不在提醒自己是个多失败的母亲。

住院部楼下的花园里，有不少病人在护工的陪同下散步，曲寒安静地坐在长椅上，似一棵枯树般坐了许久，看着病人来来往往。或许是对医院里类似的景象司空见惯，她没有任何陌生感，甚至觉得自己已经融入了他们，成为他们中的一员。

约莫两个小时后，路致远照顾化疗完的爷爷睡下，从住院楼里跑出来找她。

“还以为你走了。你还好吗？”接着他又告知曲寒爷爷化疗完的状况，对她表示感谢。

“刚才吓到你了吧？”

“那倒没有，只是没听明白你说的，好像有什么重要的事发生了。”

“不用在意，只是想起一些不太好的往事，应该很多人都有过这种时候吧，突然间因为相似的环境或者什么东西触发了回忆。你手里那个小玩具是谁给你的？能不能说说？”

“这个呀，”路致远摆弄起手里的指尖玩具，脸上浮起笑意，

"从哪里讲好呢。"

"从开始讲起吧，我还有时间。"

路致远坐在长椅上望着眼前的花圃，有那么一会儿他没做任何反应，曲寒以为他并不想回答，刚准备再找机会问的时候，他开了口："我们上的那所高中，教育资源和水平是市里最好的一所，每年有上千名尖子生奔着学校得到的三五个名额竞争，我被我爸安排提前进入一所初中学习，重新读了一年初三，就是为了在那一年成为其中的竞争者。那一年几乎是封闭式的学习，除学校和家，再没有去过别的地方，直到成绩名列前茅、顺利考上那所高中后，爸妈才对我稍微放松……"

中考后的那个暑假，他找到了那家没有招牌的乐队练习室兼职，每天负责收银、打扫卫生、询问客人是否还要续时长之类简单的活计。有几位常客几乎每天都来，说话夹杂着英文单词的留学生待业在家，总在没人的时候占据隔音好的房间；唱重金属的程序员有时会在下班后抱着他的电脑赶来；还有一个口吃的鼓手平时不大说话，打起鼓来可一点都不含糊；留寸头长得像蜜獾的键盘手面无表情，没人敢招惹；还有个一年四季不摘墨镜的暴躁主唱，跟他一起来的还有脾气随和，爱化眼线、染头发的女贝斯。

墨镜主唱写一首歌卡了三天，第四天敲鼓手的门，问他："打了几年鼓？到底会不会打鼓，为什么总搞不合适的加花，音量那么大你当自己上音乐节呢，玩什么不好玩电子，水平不够就玩点流行的！”

口吃鼓手气得一个字一个字往外蹦，旁边房间的蜜獾键盘手出门对着墨镜主唱就是一脚，两人大吵起来，致远急忙跑去劝架，旁边排练室的人都出来看热闹，留学生厌弃地嘟囔“吵什么吵”，程序员探出脑袋来不敢多说话，女贝斯对着墨镜主唱翻了个白眼关上了门……混乱的走廊里，只有她抱着一把吉他站在门口吃吃笑了起来，两根小辫子翘在耳后，她对键盘手说：“你说的那个唱歌跑调的就是他呀？”又说，“他说你键盘老弹错，就像鸡啄米。”“还有还有，他说你歌词写得烂俗，广场舞大妈听了都要回家刷剧。”

在她的推波助澜下，刚被分开的那两人又激烈地推搡起来，直到女贝斯背着乐器摔门而出，墨镜主唱看见女贝斯脸色，也不知是火气冲顶热的，还是气焰被灭了，头顶冒了一股白烟，弃了对骂，回屋拿了吉他去追女贝斯去了。

她啧啧了两下，好没意思地回房练习吉他，她似乎在学一首法语歌，一句一句地唱，还不太熟练。路致远偷偷地站在窗户边上看她，总找各种理由进她的排练室：桶装水送错了房间，要打扫卫生，要检修地板……有一天，她伸手朝他要排练室的钥匙，他没听清，愣愣地握住了她的手。瑶瑶扑哧地笑了起来。

“我来练一首歌，等开了学做自我介绍用，你听过Je ne sais pas choisir吗？”

“Je... Je ne sais...”

“Je ne sais pas choisir，中文名字叫“我无法选择”。我教你两句啊。”

她清唱了两句，路致远也笨拙地学了两句。回家查看了歌词，认定这首歌和瑶瑶本人一样怪异。

开学认识林旭后，路致远见林旭和瑶瑶形影不离，自然一直将两人当成男女朋友。直到他被叫去参加一个不怎么熟悉的同学的生日聚会，才解开对这两人关系的误解。

在那次聚会上，他发现林旭这些人似乎并不知道瑶瑶常去那个破败简陋的练习室玩。从这些人的谈话中，他大概也知道了她隐瞒的原因。国际部的孩子们围坐在一起，畅谈国外的歌星、品牌、球赛以及文学艺术之类，路致远发现对于这些，自己几乎闻所未闻。从家里摆放的照片上，可以看出他们从幼儿时期便被送入双语幼儿园，参加名校夏令营，关注国际新闻和英文讲座，学习钢琴或油画，有兴趣的还自学了编程，自己动手设计软件，衣着不追求奢侈但讲究品质，如今还学着父母舒适自然的坐姿和沟通手势，对不同领域的问题表达各类见解，他们的野心毫不遮掩甚至是引人注目——离开国内，考进遥远且久负盛名的世界名校。

在路致远看来，瑶瑶分明也是这种成长经历，她却很少参与对话。当他发觉瑶瑶与他们格格不入的时候，便与瑶瑶更亲近了一些。在他们谈起鲍勃·迪伦，纷纷介绍自己收藏的某张专辑或某本书的时候，他与瑶瑶已经在角落里不自觉地哼唱起了《像一块滚石》的同一段旋律。

每周六，她带他去各个馆里逛，学生门票不超过五十元的馆他们都一一去过，她对于艺术品的讲解总是富有想象力。“看那幅赤裸的女人，她一定是画家的梦中情人，因为他将她的眼睛画得比身材还要美。”脸型奇长的泥塑传达的情绪难以捉摸，经她那么一模仿，别生风趣；又或，她说：“看这幅山水画里，住在山上的人和住在山下的人是亦敌亦友的死对头，纠纠缠缠一辈子，到老了迈不开腿，他上不去他下不来，只能让路过的大雁捎话，捎话的内容也不过是，老不死的，吃了没？”

到了夜晚，他们回家有时赶上下班高峰期，有时车厢空荡荡的，无论遇到哪种情况，瑶瑶都让无聊的路程变得明亮有趣。他最怀念的是，两人拉着扶手随地铁刹车身体漂移，心照不宣地笑起来。有时候路致远回忆起来，她的笑容总是渐渐变得摇晃、模糊，像地铁窗外疾驰而过的光线，似乎在告诉他青春的风景已经远去了。

与林旭分道扬镳是早就注定的事，只是路致远并不能像个成年人那样将关系处理得不着痕迹。林旭心思渐渐重了起来，他深知，瑶瑶走进那片森林，就不会再回头了。

对林旭来说，比起苦口婆心地劝导瑶瑶，排挤路致远要简单得多。这个班里学生的家庭背景都很相似，从小接受的教育也都相仿。只需在组织夏令营的时候催促他尽快交钱，在聚会时让他谈一谈大家所聊的话题，或让毫无经验的他加入一场重要的演讲比赛，并在合适的时间点发出对他过往经验和努力的质疑，只要做点这些小动作，就足够让很多高傲、怕麻烦、气场不和的同学自动和他远离。只是让林旭不快的是，路致远似乎根本不觉得这些刺痛了他，他坦然接受所有有意无意的侮辱，永远以一副笑脸蒙混过关，有时甚至故意露个丑态让大家当个笑话。他似乎也从来不想和除瑶瑶外的人交朋友。每每想到这里，林旭都认为路致远在故意针对他。

终于有一天，在放学回家的路上，瑶瑶质问林旭近来为何有那些所作所为。即便无人告密，某句话或某种语气、眼神，也能让她看穿他的心思。尽管经过他的一番辩解，瑶瑶总算表现出了理解和些许愧疚，并打算矫正自己偏袒路致远的行为，但林旭看到，从那一天开始，她走远的脚步越来越快了。

事情也不是没有转机，林旭很庆幸自己参加了那次志愿活动。学校组织的志愿活动通常是在市区的博物馆、天文馆开展，或在一些著名景点组织义卖，但此次活动受到一位师兄资助，他们来到师兄的家乡盛节做环境保护、义卖捐款的活动，此外，还可以去参观师兄的企业和工厂，具备一定教学意义。

自愿报名的学生有三十人，听说路致远起初不想参加这次活动，林旭不知道是不是自己对他的刺激起了作用。路致远近来几个月都忙于四处打工，频频请假或逃课，几乎将所有的自学时间都花在赚钱上，成绩自然也是一降再降。但后来他又主动请求参加，听瑶瑶说他老家也是盛节的，他想借此机会回去探望爷爷。

他们一起到了盛节。第一天，在师兄安排下进了新城区的一家星级宾馆住下，第二天，一部分学生到盛节周边的一些景点做环境保护的志愿服务，另一部分学生组织义卖活动。第三天，参观工厂和企业，了解当地民企的现状和生产模式。当天下午，他们吃过午饭，看到西装革履的师兄在食堂外和正在一位穿黑夹克戴眼镜的男人交流，后来他们知道，那位是当地扶贫基金会负责人，当时正在与师兄商量义卖所得分配的事。

回来之后，师兄提起一个想法，希望出几个学生代表到贫困、病患以及孤寡老人家中，将义卖所得作为慰问金交到他们手里，学生们也可以看到自己的努力给别人带来的帮助，这是非常有意义的一次行动。在师兄的鼓动下，带队老师同意这个提议。

五个学生代表里面有瑶瑶、林旭，还有两名生日聚会上的学生。此外，路致远也被选为学生代表，因为他是本地人。那位师兄认为通过路致远，可以使这些志愿者更直接或快速地消化陌生环境。但实际上，处于中间角色的路致远，既无法向同龄人解释眼前复杂的状况，也无法让那些受资助的人消解警惕和无措，更难以维护包括他自己在内的自尊心。因而，当他们走进那些破败闭塞，散发着糟朽气味的房屋时，一切都变了味道。

学生们跟着师兄、扶贫负责人和老师进入一对老人的家里，将狭窄的十几平方米的空间满满地占据了，驼背的老人茫然地站在屋里，用不太好使的耳朵认真听路致对眼下情况的一遍又一遍的解释。其他学生则四处打量房间内用了几十年的家具、头顶摇摇欲坠缓慢转动的吊扇，不知是谁捂住了鼻子，还有人小声地询问："这是什么味道？"老人似乎也闻到了味道，转身去给身后瘫痪在床的七十岁老伴换尿片。女同学急忙离开了房间。

第二户人家，那位一身油漆味的父亲急匆匆地从外面回家，面色苍白、头发稀疏的七岁女儿被命令去房间写作业，攥着笔的小手手背上是输液针留下的一片肿胀青紫。她的父亲戴着口罩不停地咳嗽，并在杂乱的房间里走来走去找衣服，时不时踩到脚下的婴儿玩具，打断师兄和负责人的谈话。话刚说了个大概，这位父亲就说要换身衣服，去老母亲那里接小儿子。

接下来，他们在一间简陋的洗衣店里找到一家人，那家洗衣店的业务主要针对旁边的小宾馆，店里只有两台洗衣机，地上箩筐里的床单被罩等，却堆叠到接近房顶的高度，母亲背着一个哇哇大哭的男孩，蹲在洗衣盆边用力搓着洗不干净的油污，与瑶瑶他们年纪相仿的女孩趴在一张小桌子上写作业。负责人扯着嗓子的解释与孩子的哭闹声相互对抗，对话混乱，不了了之。最后的结果路致远已经不记得了，唯独印象深刻的是那个同龄女孩盯着他们这群人时一动不动的目光。

他迫切地想要逃离这些场合，希望赶快结束这场糟糕的、临时起意的行动，那些同学也越发沉默，他们想必是累了，包括师兄和老师。他们也没有想到这些不重样的棘手情况竟然藏在他们要去的每一扇门后。

“由于没有事先通知，我爷爷和奶奶看到我的时候，还以为我是带着同学回家来玩的。爷爷现在住的房子并非我从小到大熟悉的那个，当初开发区拆迁后补的房子已经被我爸卖掉了。他重新给爷爷奶奶在老城区买了一套生活还算便利的平房。那时我已经去北京上学了，这种无关我学习的事情，我爸向来不会跟我说。因此在我回到老家打算请假抽出时间去看望爷爷之前，我跟我那些同学一同进了那间平房。我的意外一点都不少于当场的任何一个人。

“看到那个生活清贫、过度节俭的老人，以及仿佛被城市建设远远抛在脑后的老房子，我在那些高高在上的同学面前自卑得抬不起头来。所以，我决定休学，远离不属于我的城市和朋友圈——您一定是这么想的吧？林旭也是这样想的，甚至郑瑶瑶也是这样想的。在我离开北京的时候，林旭以平静又略带委婉的语气说了一些看似同情和了解我的话。

“可我并不是那样想的，也从来没有过因自卑产生愤怒和耻辱。在我们走进油漆工父亲家里的时候，我那些同学看见一家人搭在晾衣绳上的带破洞的内衣，出了门后问了句，他们为什么要这么活着？我知道，问的人没什么恶意，可是我睡不着，整夜地想着那句话。我只能承认，对巨大的、难以弥合的差距无法理解，这本身不能说不算是一种恶意。我想离开，因为我觉得那个所有的贫穷都不被看见，所有的落魄皆被归因于懒惰愚笨的美丽世界，并不是我所生活的真实世界，也不是我要去追求的世界。

“除此以外，因为我爷爷生病这件事，我终于明白了，我爸为之努力的未来并非是我想要的，也不能成为我未来道路的模板，我也不再想从他划分成五六份用途的工资里拿钱，让他负担我高昂的学费和补习费。更何况，在这里，小赛哥那帮专门讨债的人还死死盯着我家。爷爷的病复发后，我就回盛节来了。我爸每月按时打钱，也偶尔有供不上的时候，就像这次我爷爷化疗……”他伸了个懒腰，没再继续说下去。

曲寒很清楚把孩子送进那样的学校要费多少周折，瑶瑶当年也一样，费尽了辛苦才勉强进了那所学校。这是多少家庭难以企及的事，却被路致远这样的孩子说放弃就放弃了。不过，以曲寒如今的心境，倒是明白了眼前这孩子的想法，甚至在他面前有些惭愧。

两人顺着公园小径散步，下午的气温过凉，散步的病人们陆续回到住院楼。曲寒又问了两句模棱两可的问题，大概弄清楚了瑶瑶那些钱是怎么回事。当初做完志愿活动后，瑶瑶从生活费里省下来钱给路致远打过去，想要给他资助，但她不知道那张卡早就转到了爷爷手里，而路致远则一直将那部分钱当作父母打来的。瑶瑶想着，既然不知，就索性瞒下去好了，况且也并无告知他的必要。

路致远跳上花坛石，双臂展开保持平衡走着，手指上甩着那个亮片玩具。瑶瑶小时候的手工作业就是与这一模一样的物件，她说这个灵感来源于打针时护士姐姐为转移注意力给她玩的一个钥匙挂件。

“这个东西，是瑶瑶送给你的？”

“这是高一那年，她送给我的礼物，就在送完礼物的第二天，我就发现了她要自杀的秘密。”

“什么自杀？”曲寒不可置信地询问，脑海中记忆翻腾着，毫无这样的事情，哪怕蛛丝马迹也不曾见。

“和您想的郑瑶瑶根本不一样是吧？是啊，当我在排练室看到她拆开快递拿出一瓶药的时候，我根本没往那方面去想。后来打扫卫生的时候，看见盒子里的宣传单上卖家的店名并不是什么正规药店的名字，就去搜了一下店铺……那天我足足跑了三条街，幸好赶上晚高峰堵车，我才能赶上去把她从公交车上拉下来，把满满一盒近百粒药片全倒进了下水道……”

“你在胡说什么？瑶瑶怎么会做这种事？她没有理由这么做！”

“您干吗这么激动？您又不了解她。”

“她不会那么做，我知道她不会，她是一个喜欢运动，每天早上都会笑着说早上好，每周买鲜花装饰客厅，因为自己动手染头发失败而碎碎念一整天的人，这样的孩子她不可能有自杀的想法！”路致远惊异地看着曲寒，刚要问出那句“您怎么知道这些”的时候，曲寒又赶紧补充一句，“我是说，我是说她一定是这么一个人”。

“您不认识她？”

“当然，我不认识。”

“您确实可以想象她是这么一个人，而且她本人也的确像会做出那些事。可是我们有时候并不像你们大人想的那样，永远乐观，永远充满希望。她对这个世界有怀疑和动摇，我不认为是她的问题，她说过她有必须那么做的理由，因为她对她妈妈的失望积攒许久。所以说，这种事大人们总归是有责任的，无论发生不发生，都不能全在她身上找答案。您说呢？”

路致远跳下花坛石，回头去看曲寒，那张几近病态苍白的脸上，正在释放一种如同灰尘一般抓也抓不住的信号，她像是工厂流水线上生产的外表完美无缺的残次品，有人把它买回家，她便等待着一声孩童的啼哭将她击碎。

路致远小心翼翼地说：“您真是我见过最怪的大人，您别生气，我觉得您现在应该趁医生没下班去检查一下身体，或者去睡一觉。郑瑶瑶这事儿纯属我多嘴，是又让你想起了什么不好的事情吗……”

她什么都没有听到，转身离开了。她不知道要去什么方向，好像一切都无所谓似的，就这么转身走了。

她仿佛走在一片虚空里，没有道路、建筑、行人，连声音都顿然消失，唯一能感知到的是自己那颗悲哀欲泣、奄奄一息的心脏。与其说是曲寒在行走，不如说是一个将死的灵魂在行走。

眼前的道路如何铺展，方向如何变化，不是眼睛，而是头脑中那条紧绷的线传达给她的。她渐渐远离盛节城区，穿过公路和民房，穿过泥土小径和荒草地，即将走到铁路上的时候，不知被什么东西刺破了鞋底，痛感将她唤醒。脚底流了血，她感受到了，她一边痛一边走着，丝毫没有停下的意思。铁路延绵的尽头，有个身影从沉沉暮色中走出，他朝她快步走来，带来了一阵火车的鸣笛声。她晕了过去，意识消散前，跌进了许小满的怀里。

10

四合院堂屋的那扇红色木头门在数十载岁月中已和土地融为一体，一年比一年喑哑无光。个头还没窗台高的瑶瑶缓缓推开那扇门的时候，站在门口许久不敢踏进去。屋子里沉积布料与木头混合的鲜明气味，长寿的生命，无所事事的日光，以及太姥姥手里缓慢的针线活，一切都安静得不敢让她再做出任何动作。

瑶瑶站在门口等太姥姥手里的活计停下，可太姥姥从门被打开后连头都没抬起来过。瑶瑶害怕太姥姥着了魔，灵魂被针线勾进了线衣里，便试探地喊起来 :“太姥姥，我来了。”太姥姥没有回应，对了，瑶瑶想起来妈妈跟她说过太姥姥的耳朵早在好几年前就不灵光了，于是她又大声喊了一遍 :“太姥姥！”

太姥姥手里的活计停下了，抬头看见瑶瑶，迟滞的目光里延展出柔和的光辉，像是由门口的光映射出来的。

“是小寒吗？小寒来了？”

“太姥姥，我是瑶瑶。”

“瑶瑶？”太姥姥一愣，又说，“太姥姥已经老糊涂了，不知道小瑶瑶这个时候会来。”

“太姥姥，我专门回来看您的。您的线衣还没有织完吗？”

太姥姥看了看筐子里的毛线和手里织了大半截的毛衣，脸颊的皱纹微微荡漾，她说：“差不多了，我还给小瑶瑶织了一顶帽子，让你姥姥带走了。你戴了吗？”

“我留着冬天戴，现在外面天气暖和起来了。”

“是吗？”太姥姥看着门外，愣了愣神，“今天和昨天是一样的，和前天也没有区别。”她放下手里的筐子说，“我不织了，以后都不织了，我已经织够了。走，太姥姥陪你去看看外面的梨树。”

太姥姥佝偻着背，牵着瑶瑶的手走出堂屋，祖孙俩静静地站在门廊下，看着院子里风把满树的梨花吹落，一齐笑了起来，仿佛那花落在了脸上。

“你妈妈呢？”

“她在家里等我呢。太姥姥，妈妈说她很久没回临西了，但每次要回来的时候她总是要忙，我猜，她不想回来。您会不会怪她？”

“她不是不想回来，而是回不来。等她到了我这个年纪，能放下很多事，或者不得不放下很多事的时候，她就回来了。你妈妈最近活得很辛苦，她已经不像小时候那么勇敢了。”

瑶瑶点点头，看着眼前的梨花树，风吹落一朵，树上就又生出一朵，吹落一片，也会再生出一片，像是永恒的生命循环往复。瑶瑶说："我回去看看妈妈，太姥姥，我改天再来看望您。"说罢，瑶瑶挥挥手，跑向了门口，从院子里消失了。

房间里时钟的秒针嗒嗒地运转着，有人在床周围走动，他动作轻缓，拉开了里层的厚窗帘，然后经过角落里的五斗柜，走到书架旁，先是拿起书架上的书翻了翻，转而又拿起了书旁边那张全家福照片看。窗外似是春天，季风来袭，吹得小区里的槐树哗啦啦地响。南向的卧室窗户只拉着一层薄纱窗帘，阳光漫进窗来，照得曲寒身上暖融融的。

她翻了个身侧躺在床上，感觉到身体前所未有的轻松和踏实，像极了多年前在许小满房间里的某次午休。此时，房间里的那个人发觉曲寒的动静，先是停顿一下，然后将书和相框轻轻地放回原处，走到床边将被蹬掉的毯子给她盖好。

曲寒睡眼惺忪地看见眼前的人是许小满，问他："这几天你去哪儿了？"

"你醒了。"许小满的声音充满阳光的温和，听起来让人极容易再度陷入睡眠。

曲寒这么看了几秒钟，突然彻底醒了过来。房间里是常年摆设的那样，只有角落里一台电扇是很多年前用过的，她记得郑献修理不好给扔掉了。五斗柜上的花瓶分明在很多年前就掉地上碎掉了，不知为何又出现在那里。窗户上那个被砸出的洞消失了，也许是那次郑献打电话之后，让人换了玻璃。

“我怎么回家了？你送我回来的？我睡了多久？现在是什么时候？”

这些问题断断续续，像她头脑中连不起来的那根线，总是要思索一会儿才能问下一个。她根本无法将眼下这场景与晕倒前的记忆联系起来。

许小满让她缓缓，她原以为他会解答自己的那些疑问，毕竟对于清醒的他来说，这算不上什么为难的问题，可许小满一个问题也没有正面回答。他关切地问道：“身体感觉怎么样，有没有不舒服的地方？”

“完全没有。”

“好，我不知道这种情况要怎么跟你解释，你晕倒了之后，我送你去医院，医生说你太过疲惫需要休息，连药也没开，一直靠输液补充营养。那天晚上你发起了高烧，意识混乱，不停地说着梦话，我在你身边照顾了一晚上，醒来的时候，就和你来到了这里。”

曲寒没懂他在说什么，门外隐隐约约能听到什么动静，曲寒问：“家里还有什么人？”许小满没做任何回应。

两人出了卧室来到客厅，房间内空无一人，然而家里的布置处处让曲寒惊疑：很多年前用过后来丢掉的茶具、地毯如今正各司其职地躺在各自的位置上，液晶大屏电视机变成厚重的银色老式电视机，冰箱也从双开门变成了单开门的老款，走到窗边，阳台的晾衣架上竟搭着一排婴儿的衣服。曲寒拿起桌上的一本医学杂志，那是多年前自己订阅的，大约四五年前已经停刊，而这本却是2006年5月刊。

“这是怎么回事？”她问。许小满依旧沉默。

曲寒突然警惕起来，她隐隐约约又听到那个声音，类似于孩子的啼哭，声音渐渐放大，像是被谁旋大了音量钮。

“好像是那边的声音。”说着，许小满推开瑶瑶房间的门。

在崭新的儿童房的卧室里，一名数月大的婴儿躺在婴儿床上大哭不止。曲寒不可置信地站在门口迟迟没有移动，她的手指起初不敢触碰婴儿的皮肤，那鲜活的生命力令她有些颤抖，她抱起瑶瑶，时隔多年她已经忘记怎么哄孩子，只顾着亲吻和流泪。

她细细地将婴儿看来看去，一遍又一遍确定这些不是自己的幻想。这间房里的一切看上去未免过于真实，也过于荒诞。她抱着瑶瑶，许久舍不得放下，看着怀里熟睡的孩子，曲寒开始思索在他们身上发生的一切。

窗外，那轮巨大的夕阳压倒性地占据三分之一的天际，将整座城市都融化进柔软且梦幻的金色光辉里。她一度认为自己正沉溺梦境，不愿醒来，但仍有一丝质疑带给她希望：倘若是梦境，照以往，当她意识到自己处于梦中的时候，往往会清晰地感受真实世界并操控梦境世界。但这次，她似乎无力改变任何事情。时间忽快忽慢，变化无常，怀中的孩子正在快速成长，房间里的东西时刻都在变动，手机无法连通外界，窗外的道路上也没有车辆经过，似乎这个世界里，至少在这个家里，只有他们三个人。

怀中的婴儿不知什么时候长大了，瑶瑶换上了国际双语幼儿园的校服从卧室里出来，嘴里念叨着饿了要吃饭。曲寒压住心里的惊讶，一时怀疑眼前的这孩子是不是自己的女儿，但那说话时总是微微翘起的尾音，不是瑶瑶还能是谁？

曲寒抱着瑶瑶不愿松手片刻，她关注起墙上的时钟来，有时候秒针一动不动，有时候趁她不注意，又转了倍于正常速度的好几圈。她想，不管是穿越还是梦境，一定不是让她重新像以往那样生活，工作、存钱、教育、保险等，至少这个世界里诡异的时间速度不允许她做这些事。

照顾瑶瑶吃完饭后，曲寒将瑶瑶托付给许小满照看。她觉得有必要出去看看到底什么情况，也许能碰见什么人问一问。离家前，她看了眼桌上的日历，上面的日期告诉她，现在是2011年8月。

曲寒出了门，先是敲敲邻居家的门，结果如她料想，无人回应。出了楼栋，她朝林旭家走去，走到半路才想起来，这个时候林旭一家还没有搬过来。曲寒又径直朝小区外面走去，路上不见任何人迹。

她在路边车位上找到了自家那辆福特轿车，车上挂着他们一家三口的两寸大小的合照，照片中瑶瑶搂着郑献的脖子，曲寒站在一旁，右手只是简单地搭在郑献手臂上，使得这张照片中的曲寒看起来和他们是一家人的样子。

“我妈妈从来没抱过我……”

曲寒启动车子，突然想起这句话。这是瑶瑶小时候有一天在卧室里和同学打电话的时候说的，她对同学会跟妈妈撒娇这件事十分惊奇，她说：“从我记事起，我妈从来没有抱过我……哎呀不是，她就是很……很独立……我也很独立呀，我就不喜欢蹭着别人。”那天，当瑶瑶尝试着要靠近曲寒的时候，曲寒还是一声不吭地躲开了。

她在车子里呆坐了片刻，然后朝郑献工作的学校驶去。

北京城的街道从未像现在这样空荡荡过，整座城市不见人烟，如果不是知道现在所处的特殊的时间，她想自己大概会觉得来到了世界末日。路边店铺虽还似往日那样拥挤，仔细一看却发现招牌上都空白一片，像是无脸人，也像是加载不出来页面的浏览器。

行至半途，原本熟悉的路线被一片老房子堵住了，曲寒想起来，这里以前确实是一片低矮的老房子，只不过后来被开发成了写字楼和公园，她按照后来的路线走，自然走不通。车上没有导航，很容易绕进复杂的街巷耗费时间，曲寒看了眼手机，一晃又是多年，于是立刻放弃了探索往回赶。

赶到家的时候，时间已经过去了五年。瑶瑶长高了不少，五官开始萌发出少女气息，她听见动静回过头来看见曲寒的那一刻，曲寒恍惚间生发错觉，好像回到往常自己刚下班回来，碰上女儿在家的时候。那错觉令她短暂沉迷。曲寒不可思议地走向女儿，想要拥抱她，瑶瑶却一把将她推开，曲寒这才注意到瑶瑶正在收拾行李。

"瑶瑶，你要去哪儿？为什么收拾行李？"

瑶瑶不理会曲寒的询问，一声不吭地将自己的衣服装进行李箱。瑶瑶唯一一次离家出走，大约就是在这个年纪，曲寒对这件事印象深刻，但在试图劝说并阻拦瑶瑶离开的时候，无论如何都记不起来瑶瑶离家出走的原因。

曲寒开始不停地道歉和挽留，尽管她并不能说清自己因为什么而道歉，但确实有几件事曾引发她们之间的争吵，比如，文艺表演中，因为曲寒的疏忽，瑶瑶穿着带破洞的裙子上了台，又或者，到了瑶瑶上小学的时候曲寒才发现女儿左眼弱视的问题……曲寒重提这些事，但瑶瑶并未有任何反应，仍旧坚持收拾行李。

不对，舞蹈裙也好，弱视也罢，这些都是无数争吵的导火索，瑶瑶的怨恨已经积攒了一段时间。

她记不清原因，只想起了在瑶瑶离家出走的那天，她并不像今天一样在场，她在医院接到郑献火急火燎的电话后，两人在大晚上找遍了所有能找的地方，正要报警的时候，接到派出所让他们来领人的电话，原来，瑶瑶打算住宾馆却没有身份证，宾馆前台看出端倪后打了报警电话。在将瑶瑶领回家的路上，郑献对着冻得瑟瑟发抖的瑶瑶嘘寒问暖，瑶瑶看见曲寒脚下的拖鞋，知道母亲急得没来得及换鞋就从医院跑出来找她。她走到曲寒身旁，还没说完一句道歉，就被曲寒打断："下次要离开，告诉我一声，我不会去找你。"

瑶瑶收拾好行李的时候，曲寒扯住瑶瑶的衣角，痛苦地蹲下去，她无力阻止任何一个人离开她。

"妈妈，你想跟我说什么吗？不要总是和我讲道理，不要总是指责我的情绪。"

曲寒抬头望向瑶瑶，向自己的女儿伸去双手，但此刻，她像不会说话的婴儿一样无法整理措辞，只好抱住了瑶瑶，贴近女儿脖颈的皮肤，几乎是以一种惨淡可怜的声量，哽咽道："瑶瑶，妈妈害怕。"

瑶瑶似乎听到了，她最终放下了行李，两人坐到沙发上互相依偎着直至深夜。不知道是不是曲寒的错觉，时钟上的指针在这期间滑动得很慢。曲寒有了大量时间去解释过去的种种矛盾，更确切地说，是解释矛盾发生后她一贯的理智和冷淡的态度，但大部分时候，她对过去究竟为什么那样，说不出理由。

许小满坐在阳台的凳子上，正拿着酒瓶边独自喝酒边抬头望着星空，不时回过头来看看她们两个。曲寒从未在城市里看见过这样闪烁的星空，瑶瑶也一样，年幼的时候她一直以为星空是书本虚构的，不然，为什么她在城市的夜晚里从来没有见过呢？

瑶瑶看着窗边的许小满说："我见过那个叔叔。"

"在哪儿？"

"在临西，你的房间里有一张你们的照片，还有刘阿年叔叔。妈妈，你喜欢这个叔叔吗？"

"嗯，喜欢。"

"比起喜欢爸爸呢？"

"是不一样的喜欢。"

"怎么个不一样？"

"对他的态度，就像是对这个世界的态度。我喜欢他的时候，会喜欢这个世界，对他的喜欢消失的时候，对这个世界的喜欢也会消失。"

窗外春夜宁静，瑶瑶渐渐熟睡过去。在他们这个世界里，就像坟墓立于金黄、成熟、待收割的6月的麦田，死亡与生命并存，回忆与当下交织，一切不足为奇。许小满想要拥抱她，她不拒绝，许小满想要亲吻她，她也同样亲吻他。

"要知道，我爱你，像爱临西的红色黄昏。"

在房间待着的日子里，她一一遇见过去的生活，并眼看着过去成为当下，又转瞬变为过去。不经许小满提醒的话，曲寒已经忘记了时间，他们在这个房间里又度过了五年。一天早晨醒来，家里的冰箱换成了双开门，几乎就是一回头的时间，手机变成了智能屏，书架上凭空多了几本书，书桌上多了一台全家都可以使用的联想笔记本，家里那辆福特车终于报废换了一辆二手车……家里的整体装修并没有太多改变，八十平方米的老房子从外部看已有颓唐之势，当初他们卖掉四环外的婚房并买下现在这个房子，为的是占个重点小学的学位。

从那时开始，她和郑献才感受到每月供房贷和车贷的吃力，为了瑶瑶上学方便，他们势必要再多坚持几年。两人计划着等瑶瑶出国留学，就将房子卖掉，换个更宽敞、小区环境更好的房子。他们这个地段房价涨幅还是相当可观的，很多家长在孩子没出生时就盯着这个小区的房子的买卖变动。

一家人打定主意，在瑶瑶上大学前节衣缩食、控制预算，衣服只在快消品牌打折季购买，手机选国产品牌中性价比最高的，郑献放弃了去网球馆打网球的爱好，旅游计划也一再搁置……倒不是说一定要为了女儿的未来做出多大的牺牲，曲寒只是希望一切都能在控制范围内，好像如果没有充分可靠的保障，一阵风就能吹断她与周身世界十多年的维系纽带。

在瑶瑶学习这方面，曲寒一向很下工夫，从小学阶段对英语的培养就奔着大学英语四六级的水平努力，小学头三年学“华数”，后三年学“奥数”，兴趣班也不落下，学了乐器和书法，这才突破重围考进了初中名校。升高中那一年，瑶瑶所在中学只得到了三个重点高中的名额，身边所有的同学似乎都到了冲刺期，若不能考上那所全国闻名的重点高中，对于瑶瑶出国留学一定会是劣势。因而，曲寒通过郑献的工作关系，找到了北京最有名的冲刺补习班，花了她和郑献一年多的积蓄，终于将瑶瑶送进了那个补习班。而瑶瑶也比以往更加努力，早上七点到学校，放学后到补习班上课，再回到家里学到凌晨一点才睡下。瑶瑶对加诸己身的各种安排没有发表任何意见，沉默着，最近这孩子沉默的次数也比往常多了。

过去的计划一项项实现，对未来的设想全都在可控范围内，生活在眼前持续且坚定地行进，如今的曲寒却对此产生越来越深的质疑和不安。她试图改变过去所做的决定，但终究是白费力气，生活不为所动。

曲寒切了盘水果，等瑶瑶下了课回来吃。经过家里那套老式五斗柜的时候，她停下脚步看着柜子上那张父亲的黑白照片出神。放学回家的瑶瑶进门后看见那张黑白照片，愤然地盯着曲寒，似乎在等待她做出解释。

曲寒看看手机上的日期，原来这天是父亲去世后的第五天。她记起来了，这次瑶瑶生气是因为姥爷的葬礼，曲寒没有告诉任何人。

那天曲寒接了电话之后，又等最后两个病人问诊完毕才从医院出门，赶去父亲所在的老年公寓附近的医院。赶到那里时，母亲正在医院楼下的凳子上发呆，她是从打工的快餐店里赶过来的，身上还穿着绿色的围裙。

曲寒在停尸间见到了父亲，听说喉咙里的那颗硕大的苹果已经被取出来扔进了垃圾桶，一同被扔进去的还有他从不被人注意的死去的尊严。父亲一辈子都在和自己平淡的命运作斗争，但曲寒没想到，父亲与之较量到最后一口气的，竟会是一颗苹果。

望着从殡仪馆上空冒出来的黑烟，曲寒递了一根烟给母亲。

“你这个爸呀，”母亲一边抽着烟一边叹气，像是把活力和怨气一同卷着烟雾吐了出来，“你爸当年从中专毕业后，进供销社抱上铁饭碗，那年你出生了，在你百天的时候他说他要让我们母女俩住上市中心的楼房。大概是……1984年，那些早早辍学的老同学都去南方做生意赚了钱，他受了鼓动，丢掉铁饭碗，把你扔给姥姥照顾，带着我一起去了深圳。刚去那年，可真好呀，什么都好，虽然没钱，但处处都是希望，我还记得八卦岭傍晚的合唱歌声和篮球……”母亲望着远方的黑烟，眼里是不合时宜的向往。

“你爸也是成功过的，你不会记得，他赚钱的那两年，你喝光的奶瓶在院子里堆了两大纸箱，周围邻居家的孩子没有哪个能像你过得那样舒坦。不过，后来他算是被人坑了，背了一屁股债，再然后就是回到临西……”接下来她的话断断续续，有的说了一半干脆直接跳过，曲寒静静地听着没发出疑问。面对曲寒的沉默，母亲为自己辩解说记性不太好了，很多事都记不清了。

“没关系，那时候我记事儿了。”曲寒淡淡地说。

回了临西，他先是经人介绍去新城区的一家机械厂工作，干了没两个月，因为老师傅训了他几句，一气之下辞了职。后来的几份工作，干的时间总是不超过三个月。他极力劝说老同学跟他一起倒卖电视机，那时候能买得起电视机的只有少数万元户，因而，赚了一些钱后，这生意在当地就难以为继。接着，新城区的开发给他带来机会，他用倒卖电视机赚来的钱组织起建筑施工队接工程。

为了拿到工程，他频繁联络当地的开发商和官员，那段时间也常带曲寒“见世面”，每次带她一起去别人家做客之前，总要五遍六遍地警告多项规矩。若是曲寒表现得好，父母便会夸奖她一番，若是哪点忘了表现得不好，回家路上便是一通冷眼和责备。

两年后的一天，一名工人被垮塌的楼板砸死在建筑工地上，父亲的生意随之轰然倒塌，他把所有的家底赔了精光。新债旧债一起追上门，他躲在家里，被人从衣柜里拖了出来，母亲哀求号哭也于事无补，债主们当着曲寒的面，狠狠地朝他脸上呼了一巴掌。从那时候起，父亲碎落一地的尊严再也没拾起来过。

后来有关母亲的流言蜚语，使他掉在地上的尊严在泥淖里来回挣扎了几遍，然后便像死去一样毫无生气了。

曲寒高三那年，父母终于离了婚。她以为父亲会比此前更加消沉，但他蓬勃的野心和生命力让他又持续了十余年的疲于奔命。上了大学以后，曲寒很少再与他联系，生活费、学费她靠自己打工勉强应付，他似乎对女儿的疏远毫无察觉，还四处对人炫耀曲寒有能耐，懂事。

这些年他倒卖过服装、电器，开过店铺，承包过餐饮项目，他忙于一次次开始，很少思考失败的原因，甚至于到最后根本不在乎结果是什么了。自从曲寒在北京定居，他身上不安分的幻想和无法填满的不甘又躁动了。他开始来北京找机会做生意，多年后再见到父亲，他的半袖衬衫被镀金的金属扣皮带扎进西装裤里，啤酒肚和他的欲望一样膨胀。因此，毫无疑问，在他踏进曲寒家门后，借钱成了他们那几年唯一的话题。

父亲拍拍头发上的雨水，接过曲寒手里的一张卡，曲寒说：“以后都会打到这张卡里，你不用每次都过来跑一趟了。”

“最近生意挺好的，我雇了几个人跑运输，周转过来马上还你。”这话每次都说，曲寒自然不当真，也从没指望他还过。他递给曲寒两盒芭比娃娃，说是给瑶瑶买的礼物，曲寒接过放到了一旁。

父亲知趣地笑笑说：“那行，我还有个会，先走了。”

“爸，留下来吃饭吧，我都快做好了。”郑献急忙从厨房里跑出来挽留。父亲走后，针对曲寒的态度，郑献不止一次想要跟她讨论一下，他说："爸是爱面子的，我去过他住的群租房，根本不像他说得那么好……"

不只郑献，曲寒也亲眼见过父亲在烈日之下被人使唤的样子。但每每想到这里，曲寒越发心硬起来，和郑献争辩："你以为他是为了谁？他这把年纪完全可以在临西找份工作，过得舒心自在，他非得跑到北京来折腾，你以为他是像他嘴里说的那样，为了我、为了家、为了瑶瑶吗？他只是为了他自己！"争论过两三遍后，郑献不再对她提起，但曲寒知道，在他和瑶瑶眼里，自己就是不近人情的人。

后来，父亲喝酒喝成了肝损伤，在医院治疗一段时间后，曲寒帮他在北京找了一家老年公寓调养。他在里面一点也不安分，他痛恨身体动不动就疲惫，痛恨水肿让他双腿变形，有段时间腹痛让他难以入眠。他强迫自己吃很多饭，每天早晚锻炼一个小时，想着一个月后要从这里搬出去，去看看退休的老哥们搞的快递生意。照顾他的护士笑他："您还以为自己三十来岁呢。"他乱发了一通脾气，因为他觉得护士的话另有所指。

曲寒带瑶瑶去看望他的几回里，他的身体一次比一次瘦弱、萎缩，他说他已经瘦回到了年轻时的体重。流失脂肪后的皮肤皱皱巴巴地拥蹙着他的乐观，随着每一次的嬉笑怒骂，变化多端的皱纹波动反倒给他增添了一种少见的真诚。吃完饭后，他不像刚开始住进来那样嚷嚷着要出门，而是没一会儿就躺在床上打起鼾来。瑶瑶在一旁玩着姥爷送给她的芭比娃娃，曲寒则坐在沙发上长久且安静地注视着他，仿佛在看一个从未认识过的人。午睡醒来后，他睁开眼睛用看孩子一样慈爱的目光看过来，曲寒一愣，不知道他是在看瑶瑶还是在看自己，那一瞬间她想说什么话却迟迟没说出口。直到她和母亲坐在殡仪馆外望着袅袅而上的黑烟之时，她才问："还疼不疼？"

瑶瑶是在打电话到护理院询问寄过去的营养品姥爷有没有收到的时候，才知道姥爷去世的消息。瑶瑶不懂为什么曲寒只在某些时候流露出淡薄的感情，用所有理智去分析感情，在她看来，曲寒只是在努力而笨拙地学习和模仿，所谓的真情流露都并非发自内心。所以，当曲寒解释说因为中考在即不想让她为这些事耽误才没有告诉她的时候，她冲着曲寒大喊："你才不是！你对我们生活的安排总是冠以各种爱的名义，但你又总是拒绝与我们建立任何爱的关系，你到底在害怕什么！"

曲寒明白了，以前她被这句话打败过，因而刻意忽视了它，假装问题不存在，瑶瑶也不曾说过这样的话。再次听到这句话她才明白，瑶瑶后来所做的一切都有了依据：故意切菜切到手指，故意摔伤膝盖，故意在生日那天悄无声息仿佛忘了日子，小白猫死去后，她消失了一整天，网购了一瓶药藏在书包里等待被曲寒发现，然后观察曲寒的反应，并从中付出谨慎的期待和重复的失落。过去，曲寒大部分时候都注意到了瑶瑶的变化，却不愿多想，她将这部分责任推给郑献，因为她实在不知道如何给瑶瑶一个满意的答案，她甚至觉得在自己身上，早已不存在那个答案。

瑶瑶摔门进了卧室后，曲寒放下果盘，看了眼手机上的日期。她最近把注意力都放在那个日子上，生怕什么时候那个时间点就倏忽而过，错过挽救，那这个世界对她而言也全然没有了意义。

那天很快就会到来，她必须要做点什么。她把这次行动视为最后的机会，她开始收拾行李，决定让瑶瑶放弃千辛万苦才考上的那所重点高中，转入临西的高中。她为此找了个借口，希望瑶瑶同意这个决定。

“姥姥身体不好，妈妈想要将姥姥送回临西，在临西照顾她会方便些，这样就需要瑶瑶你也转学过去，你一个人在这里妈妈不放心。”

瑶瑶沉默地点点头，也开始收拾搬家。

“许小满，我们终于要回去了。”她的身上重新焕发出活力，在收拾行李的时候已经开始期待回到临西的生活，“我们回去还住那个四合院，我可以在临西医院找工作，你呢，你想回去做什么？临西可没有能让你做导游的景点，说不定，你要开始自己创业了。等我们安顿下来，再联系刘阿年，这次雪山是去不成了，问他还愿不愿意回临西，我估计他是不愿意的，因为他回来就要承受他爸妈的压力。”

曲寒说话期间，许小满站在窗前，忧心地看着窗外的漫天大雪。

“你不想回去吗？”曲寒问。

“当然不是，我做梦都想回去。可是外面的雪已经下了好多天，看这势头好像还没打算停下。你确定我们要在这时候回去吗？”

“再不回去，那一天就要到了，这里的时间一眨眼就是一年，我们不能再犹豫了。”

房间里堆满行李，曲寒穿上厚外套拿上车钥匙说：“你不知道车在什么地方，还是我去，你留下和瑶瑶一起等我电话，车子发动好了就搬行李下来。瑶瑶呢？瑶瑶？”

瑶瑶正安静地坐在卧室床边，对曲寒的呼唤不予回应。曲寒走到她身边问：“瑶瑶你怎么还待在这里？行李都收拾好了，妈妈下去开车，发动好了你就跟许小满叔叔一起下去。”

“妈妈，我不想离开了。”

“为什么？”

“临西是你的故乡，不是我的。”

“瑶瑶，哪怕我们不能长住临西，就在那里度过你的16岁也好，你说行吗？”

瑶瑶不说话，似乎在努力克制着什么。

“你要是不想去，那你能保证从现在开始到你高二结束，一直待在家里吗？有些事你不知道，你必须听妈妈的。告诉我，你为什么在哭？”

“妈妈，你还不懂吗？城墙的崩塌，不是因为什么突如其来的事故，而是因为内心的溃烂。从一开始，从你决定不遗余力为自己打造城墙的那一刻开始，崩塌就已经开始了！”

曲寒盯着瑶瑶的面孔许久，仿佛在怀疑她不是自己的女儿，然后问道：“你知道会发生什么？”

“妈妈，不要害怕，我就在这里，你拥有的爱从来没有消失，我会陪着你直到最后。”

曲寒开始控制不住地颤抖，瑶瑶抱住了曲寒，她却挣开瑶瑶，以一种决然态度面对瑶瑶，更像是面对一个不争的事实，以一种不可辩驳的语气说：“不可能，他们都在筑造城墙，我不过是走了无数人走过的路，结果不应该是这样！都是因为发生了那场事故，才让崩塌有机可乘。如今我们都知道会发生什么，那就没有理由不规避，我一定会带你安全离开这里，你相信妈妈。”

曲寒转身离开，将瑶瑶不住的呜咽抛在身后，头也不回地走到大雪纷飞的街道上。那持续不断的呜咽渐渐被寒风盖住，曲寒在路边那些被雪盖得严严实实的一辆辆车中寻找家里新买的二手车。她找了许久才找到那辆车，推开车窗和车门上厚实的雪，用钥匙顺着门缝划开冰，又捡起砖头砸门破冰，花费好大力气才将门拽开，然而上车后，车子却迟迟发动不起来。

曲寒推测是电瓶没电了，正想着要不要坐火车回临西的时候，突然想起来父亲离世后有一辆轿车存在了母亲那里。母亲在瑶瑶上初一的时候，也就是曲寒外婆去世的那年来到了北京，曲寒帮她在五环外租了一套平房，并帮她找到那份快餐店的工作。她住的地方有一个铁皮棚子，常年放些杂物，曲寒就将车停在那里，以备不时之需。

她下了车捂紧衣服，打算走向地铁口，去母亲那里将车开回来。原本地铁口二十分钟左右就可以走到，曲寒却发觉自己越走越荒凉。眼前的路和建筑在她低头行走的时候，全部消隐于大雪之中，似乎再走远就不在某种类似于城市建设的范围里了。果然，再走大概五百米后，她发现雪色、天色已融为一体，渐渐地，什么也不剩了，她像是掉进了一个虚无的时空里。曲寒想原路返回，但脚下并无路可言。

她被某种巨大的歇斯底里的情绪淹没，那情绪裹挟着这个时空，发出哀号，化作狂风呼啸，于是她隐约猜到，时空之外的那个躯体在发出哀号的同时，连最后一片砖瓦也摔得粉碎。

她一直往回走，看不到尽头地往回走，不知过了多久，她终于回到了苍茫雪地中，来时的脚印已被雪掩埋，风声渐渐消匿，道路也已消失，只有雪在无声地落下。

她在这座近乎隐形了的城市里兜兜转转，忽然，她停下脚步，怔怔地望着空茫一片的前方，先是睁大双眼，转而又凝神细细端详，她的目光随什么东西移动着，瞳孔里映照出一片雪花的模样，确切地说，是一片形状精美的六角形雪片在她眼前悬浮游动。此时风已停息，雪片并非是被风吹动才游旋不止的，曲寒渐渐在心里确定了一个想法：它正在跳舞。

雪在跳舞，他没有看错。

最终，那片脱离了群体独自起舞的雪片在空中游动一会儿后，像圆满完成一支舞蹈作品那样自然地落地了。细细看去，其他雪片也如此这般有了意识，或独自或成群地舞动。

曲寒突然心生悲哀，她加快了脚步往回赶，她急迫地想回去看看瑶瑶，也许此刻瑶瑶又长大了一些，她还想见到许小满，跟他说说跳舞的雪。